Suburbana

Claudio Mazza

dosbigotes

Primera edición: abril de 2015

Publicado por Dos Bigotes, A.C.
www.dosbigotes.es
info@dosbigotes.es

ISBN: 978-84-942413-7-6
Depósito legal: M-6657-2015
Impreso por Solana e hijos Artes Gráficas, S.A.U.
www.graficassolana.es

Diseño de colección:
Raúl Lázaro
www.escueladecebras.com

Ilustración interior:
Suburbana de Rocío Martín Olarte

Impreso en España — Printed in Spain

1/1 SUBURBANA Rocío

A mi viejo, claro

«Nadie es la patria
pero todos lo somos»

Oda escrita en 1966, Jorge Luis Borges

PRIMERA PARTE
El Viejo

«Y me pregunté si un recuerdo es algo que tienes o algo que has perdido»

Otra mujer, película de Woody Allen

Mi bisabuelo Dante llegó a la vieja casa del barrio de Balvanera con un niño de pocas semanas en brazos. Cuando entró al dormitorio y se plantó frente a su mujer diciendo: «Este hijo es mío y a partir de hoy también es tuyo; vas a criarlo junto a los que ya tenemos y lo querrás como si lo hubieras parido», mi bisabuela Otilia se quedó mirándolo un buen rato sin hablar, sin pestañear. Luego tomó al niño en sus brazos, lo besó en la frente y lo acostó en la cuna junto al hijo que acababa de parir unos días antes. Entonces se dirigió a la huerta que había después de las cocinas, junto al gallinero, y aún en silencio, de rodillas, arañó con las dos manos la áspera corteza del viejo nogal hasta que consiguió que el dolor físico superara al de su corazón. Alguna uña partida quedó incrustada en el árbol como testimonio de ese día del cual, en la casa, nunca se volvería a hablar.

El niño se llamó Nicolás —entonces la burocracia no admitía un Niccola—, fue mi abuelo y murió de un ataque repentino ochenta años después en una casa del sur de Buenos Aires. Mi padre y mi tío fueron a buscarle a esa dirección desconocida tras ser avisados y enseguida reconocieron en la anciana que les abrió la puerta a su antigua cocinera, aquella que desapareció dejando la comida en el fuego un Sábado de Gloria de cuando eran niños y con la que, según supieron al reencontrarla, mi abuelo había mantenido un amor paralelo desde entonces. Cuando mi padre le dijo a mi abuela Blasa que su marido se había muerto en la calle, ella lo miró a los ojos y sentenció: «Yo sé que no fue en la calle, fue en la casa de esa mugrienta».

En vista de lo anterior, no es raro que yo no me sorprenda esta madrugada cuando veo a esa mujer, con mi misma cara pero con el pelo largo sujeto a lo pirata por un pañuelo de colores y un vestido negro casi hasta los tobillos, que merodea por los pasillos de este hospital de Buenos Aires donde esperamos que el corazón de mi padre resista la carnicería a la que lo están sometiendo. Me alejo de mi familia y me apresuro a interceptar a esa extraña, cuya identidad ya adivino, y la saco hacia el vestíbulo antes de que mi madre la descubra.

Todo se ha precipitado. Anoche el teléfono me despertó a las cuatro de la mañana e inmediatamente quise no haberlo oído. Sabía quién era y por qué me llamaba. Descolgué, escuché lo que ya temía, balbuceé algunas palabras obvias y colgué. Me preparé un café, me acerqué a la ventana y, por encima de los tejados de Madrid, miré hacia atrás. El derrumbe económico y moral de mi país que arrastró a mucha gente y, entre ella, a mis padres. La pérdida del poco capital familiar, el dolor de mi madre, la vuelta a empezar. Una vez más. Otra vez. El Viejo acusando el golpe en su ánimo, en su pasado humor y en su siempre débil salud; el diagnóstico de la cardiopatía y la necesidad de una operación de riesgo. La espera que me obligó a reconocer, por primera vez en doce años, la impagable factura que acostumbra a pasar la Distancia. Sentí que los recuerdos acabarían por quebrarme, pero no.

Terminé el café, regresé al dormitorio y desperté a Jaime.

—Me voy a Buenos Aires. La operación es mañana.

—Me voy contigo.

—No.

—Pero yo quiero estar.

—No.

—¿Cuándo vas a entender que esto también es de los dos?

—Ahora no, Jaime. Tienes razón, ya lo hablaremos. Pero ahora no, por favor.

Volví al teléfono para poner en marcha una cadena de favores que me permitirían, seis horas después, subirme en Barajas a un avión atestado de gente que me traería a Buenos Aires a tiempo para la intervención del Viejo.

Otro viaje.

Otro avión.

Otra vez.

Durante el vuelo intenté redactar algunos correos y organizar el trabajo para mi ausencia pero, sin quererlo, acabé escribiendo un texto desesperado:

Que una llamada no interrumpa tu sueño a media noche. No contestes. Cierra con fuerza los ojos y oblígate a seguir inconsciente. Haz que el tiempo se detenga, que no fluyan los minutos. Deja que la noche se eternice, que te oculten las sombras y no llegue la mañana. No permitas que te tuerzan el sueño.

Y sueña. Olvida que te reclaman para aquello que es urgente y sueña. Reniega del fatal presente y levanta una muralla de sueños que te protejan y te aparten de lo inevitable. Flota, vuela, respira bajo el agua. Camina por el aire y habla con los muertos. Nada te detiene. Sueña. Y, si puedes, sueña con el pasado. Huye por tus recuerdos para desandar el tiempo que te llevó y llevaste hasta el ahora desolador. Rebobina tu historia para retrasar este desenlace y recupera las imágenes que te acorazan contra el presente. Recuerda. Los recuerdos que acumulamos nos definen y nos perfilan. Recuerdos propios y ajenos. Los vividos y los escuchados a lo largo de los años y que ya nos pertenecen. Somos nuestros recuerdos; no somos otra cosa. Somos como esa hucha que tuvimos de chicos, que manteníamos en un estante y en la que íbamos metiendo, de una en una, las monedas que conseguíamos de las maneras más nobles y de las más rastreras. Somos ese recipiente al que podríamos acudir ante una urgencia pero cuyo uso supone también su destrucción. Ahora es el momento. Vacía el frasco. Rompe la hucha. Recuerda...

—Sos Renzo, ¿no? Perdoná que me presente así, de repente. No quiero armar un escándalo. Solo quiero saber cómo está.

Los genes de mi familia se perpetúan inconfundiblemente en los rasgos de quienes los portan. Aún no sé quién es su madre pero ni por un segundo habría dudado que es hija del Viejo.

—Bueno... Tenés que entender que yo... Esto me desconcierta —miento por timidez.

—Yo le prometí a mi papá... —Se detiene y me mira a los ojos durante un segundo para luego retomar—. Le prometí que nunca iba a joder a tu familia. Que nunca iba a aparecer.

—Si mi vieja te ve... Si se entera...

Me tiende una mano y dice: «Soy Alma», y cuando se la tomo para devolverle el saludo, tira de mí y me planta un beso muy sonoro en la mejilla. Entonces, no se por qué, intuyo que no me costará hacerle hueco en mi vida a una nueva hermana.

La saco del hospital con la excusa de un café. Su café es una cerveza y el mío un vodka con hielo y en esta madrugada asfixiante empiezo, casi sin darme cuenta, a compartir con ella mis recuerdos.

—¡Y... un asado! ¿No sabés lo que es un asado? ¿Nunca estuviste en uno?

—¡Claro, boludo! ¿Cómo no voy a saber?

—Lo de boludo sobra.

—Sobra por obvio, ja, ja, ja.

—Sobra porque me voy al carajo y te quedás huerfanita de hermano de nuevo.

—...

—Perdoname, me pasé un poco.

—No importa. Yo también me pasé. Es que me parece como si te conociera desde siempre. Entro en confianza y...

Alma y yo hemos llegado a un acuerdo. No fue fácil. Le propuse que me llamara todos los días para informarle de cómo seguía el Viejo, pero no aceptó. Prefiere venir a diario y eso complica la cosa. Yo tengo que hacer malabares para distraerme de mi familia, quedar con ella y contarle las novedades o la habitual falta de las mismas. Además quiere verlo. No insiste, lo dijo solo una vez, pero yo sé que tiene todo el derecho. El Viejo es su padre. Le prometo organizarlo pero no sé cómo.

En el hospital solo nos dejan entrar en la habitación de dos en dos, media hora a mediodía y otra media hora por la tarde. Esa rutina es una paliza agotadora para todos. El Viejo está inconsciente y nosotros desquiciados. Mis hermanos dejan sus trabajos para acercarse corriendo y corriendo se alejan para volver a sus trabajos. Yo paro en casa de mi madre y me cuesta encontrar excusas para no ir con ella por la mañana o acompañarla de vuelta por la tarde. Pero entre las dos visitas diarias suelo perderme por la ciudad y caminar, ver amigos y llamar a Madrid para enterarme de cómo sigue la vida en mi ausencia. Entonces aprovecho para encontrarme con Alma.

Quedamos en el Otro Mundo, la asquerosa cafetería frente al hospital. Un sitio empantanado en lo peor de los setenta, con espejos ambarinos y descascarados tras una barra de estaño mugriento y esas mesas de madera mil veces desvencijadas y vueltas a encolar. El único indicio para confirmar que uno no ha viajado por el túnel del tiempo deberían ser los coches que, desde las turbias vidrieras, se adivinan pasando por la calle, pero la convivencia de deportivos último modelo con reliquias y antiguallas de más de treinta años consigue confundir casi tanto como la decoración del bar. Una radio sobre el mostrador suelta aleatoriamente tangos del cuarenta, folclore sesentero, *rock* progresivo o cumbias contemporáneas, evidenciando que la historia musical argentina está acorralada allí dentro y suena pidiendo que alguien la rescate. Alma se planta en una mesa junto a la ventana a eso de las cinco y media. Yo me acerco en cuanto puedo para darle el parte. Casi siempre llego con tiempo para verla antes de la visita de la tarde pero a veces tengo que hacerla esperar hasta después. De a poco, esos encuentros se han ido transformando en una especie de oasis que me aparta por un rato de la sopa de angustia en la que se ahoga mi familia.

En unos días ya hemos paseado juntos un par de veces y charlado muchas horas en la cafetería. Yo le hago alguna pregunta y ella me hace millones. Las mías solo merecen sucintas respuestas.

—Paula, mi vieja, fue suplente unos meses en el sesenta y dos de una maestra de tu hermano y ese tiempo fue suficiente para que el Viejo y ella tuvieran un par de intensos encuentros.

—¡El Viejo...! ¡Siempre igual!

—Ella quedó embarazada pero cuando lo supo ya había acabado la suplencia y el romance. Así que decidió tenerlo, bueno... tenerme, y no implicar a nadie más. Y ya está, eso es todo: una historia corta. ¡Había que tener coraje para ser madre soltera en los sesenta!

—Y ella... Paula, ¿no? ¿Ella sabe que él sabe? ¿No quiere verlo?

—No te asustes, que fue solo un polvo con premio. Paula no se va a presentar de repente como en un novelón de la tele.

—No, bueno... No es eso...

—Vive en España desde el setenta y cuatro. Yo me volví sola hace tiempo y decidí conocer a mi padre. Hace unos doce años lo busqué, lo encontré y me presenté, y él me aceptó emocionado. Y con pocas condiciones, que tenían más que ver con protegerlos a todos ustedes, me propuso recuperar parte del tiempo perdido.

—¿Doce años?

—Sí...

—Doce años llevo yo en Madrid.

—El Viejo me contó. Vos te fuiste y aparecí yo... Suplente en el segundo tiempo.

—El Viejo...

—Lo quiero mucho, ¿sabés?

Alma no lo sabe pero él es un maestro en el arte de la seducción, la diplomacia y el hacerse querer. Todo el mundo quiere al Viejo. Ella me cuenta que tiene con él una relación muy hermética, poco abierta a los demás, muy de dos. Que no suelen compartir sus encuentros con nadie, por lo que no lo conoce mucho en relación con la gente.

—Es raro esto que decís porque él *es* con la gente. Si no hubiera entorno, no habría Viejo. Él es siempre la imagen que transmite.

—Tenés que contarme. El Viejo no me hablaba mucho de ustedes. Nos veíamos dos o tres veces al mes. Creo que tenía miedo de que yo le pidiera conocerlos.

—¿Qué querés que te cuente? ¿De él?

—Todo. De él, de ustedes. Ya te digo que no contaba mucho pero cuando hablaba de vos, de tus hermanos, de la familia, se lo veía tan orgulloso... Los adora.

—Seguro... Aunque sus maneras de demostrarlo no sean siempre las que uno espera.

—¿Por?

—Da igual. ¡Padres! No me hagas caso.

—¿Entonces me vas a contar?

—¡No sé qué contarte!

—No te pido una cronología. Elegí momentos. Algunos con los que yo pueda ver si *tu* Viejo es *mi mismo* Viejo.

Intento entender lo que Alma me pide. Supongo que busca una imagen del Viejo que no tiene, algo que lo defina en mí y en los demás, que sea característico, que no lo confunda con nadie. Pienso unos segundos y creo encontrar una punta por dónde empezar.

—¿Alguna vez te hizo un asado?

La tradición de los asados familiares del 9 de Julio empezó con el bisabuelo Kraemer. Abuelito, como lo llamaban mi madre y sus primas, era uno de los tantos inmigrantes alemanes de finales del XIX y se había asumido sin condiciones como criollo a primeros del novecientos, en los años del Centenario de la Independencia. Para festejar esta argentinidad neonata, empezó a celebrar un asado, multitudinario y pantagruélico, todos los 9 de Julio, día de la Independencia Nacional, en su caserón del barrio de Flores. Nadie podía faltar so pena de ser condenado al ostracismo familiar del que solo podía rescatarte la paciente intermediación de la *oma* Grettel. Pero peor que faltar al asado era asistir sin la consabida escarapela albiceleste prendida en la solapa de los señores y en los escotes o abrigos de las señoras.

—¡Si sos argentino lo tenés que demostrar! ¡Con orgullo! ¡Si no esa caterva de tanos, gallegos y judíos que nos están invadiendo nos van a comer crudos! —decía vehemente el argentinísimo... Herr Kraemer.

Como buen alemán, y además conservador, Don Kraemer, Abuelito, repetía la ceremonia año tras año sin variar en nada esas reuniones: ni el menú, ni los invitados, ni la hora, nada. Había aprendido a ser argentino con mucho esfuerzo, y cambiar algo de este rito le parecía cambiar algo de la historia del país.

Con el tiempo y la costumbre, el asado del 9 de Julio se impuso como una celebración más, igual que un aniversario o un cumpleaños. Para cuando el bisabuelo murió, mi madre ya había asistido a algunos de esos últimos asados del brazo de su novio, el Viejo, y a él le había impresionado mucho la unidad de la tribu Kraemer, tan diferente de la realidad a la que estaba acostumbrado. La familia del Viejo era una especie de archipiélago humano: todos compartían el mismo mar, revuelto y tempestuoso, del que cada uno se refugiaba encerrándose en su propia isla. Así que, cuando mis padres, ya casados, tuvieron su casita con jardín y parrilla, el Viejo retomó la tradición que se había suspendido con la desaparición de Don Kraemer, haciéndola propia, variando algo, bastante, la solemnidad del rito y volviendo a reunir en nuestra casa, año tras año, a toda esa familia que él adoptó como suya.

Yo no conocí los asados de mi bisabuelo, y de los primeros celebrados en casa tampoco tengo recuerdos propios. Pero recordar no es transcribir lo vivido. La historia de uno no comienza al nacer. Gran parte de mi memoria es ajena. Recuerdo con detalle cosas que no he vivido e incluso recuerdo vivencias propias a partir de cómo me las contaron otros.

Por eso, cuando Alma me pide que le hable del Viejo, que le describa momentos para conocerlo y reconocerlo, vuelvo a lo que escribí en el avión y entiendo que aquellos asados no solo lo pintan de cuerpo entero sino que son parte esencial de la realidad familiar que ella está pidiendo conocer.

También espero que, al escuchar mis recuerdos, Alma se sienta de alguna manera en deuda conmigo y me cuente su historia, porque intuyo que ha sufrido y quiero saber en qué grado su sufrimiento tiene o tuvo que ver conmigo y con los míos.

OTRAS PARTES
Renzo y Alma

«No importa cómo uno lo diga,
nunca será lo mismo que lo que ha ocurrido.
La lengua es un oficio distinto al de la vida»

Herta Müller

Uno

—¿Novedades?

—Ninguna. Todo igual.

—¿Entonces?

—Hay que seguir esperando. Tal vez salga del coma.

Estamos a primeros de diciembre de 2001. La operación del Viejo fue hace pocas noches. Su convalecencia y mi estancia en Buenos Aires coinciden con los días en que se decreta el corralito. El gobierno argentino tira la toalla al mismo tiempo que oficializa el desbarranque económico de los últimos años y muestra claramente de qué lado elige quedarse: del lado de siempre. Cuando vuelva a Madrid costará mucho explicarle a quien se interese por la desesperante situación de la Argentina en qué consiste exactamente el corralito. Ya lo viví ayer, por teléfono, al intentar aclarárselo a mi socia. Cuando, después de un rato, mis razonamientos se repetían sin cambios, ella reflexionó un segundo y me dijo:

—Pero Renzo... ¡eso es robar!

—No hay nada más que añadir —fue mi última respuesta—. Por fin lo has entendido.

En los días que siguen al decreto, los saqueos de supermercados, los cacerolazos, las manifestaciones y la brutal represión ocupan las ciudades mientras en una unidad de terapia intensiva, el Viejo parece asumir en carne propia la aniquilación de un país al que nos enseñaron a referirnos como rico, próspero, culto y con un futuro incomparable. El Viejo agoniza y el país desaparece. Es el final.

—Me preocupa mi vieja.

—¿Está muy hundida?

—Sí... No... No sé. Estaba tan segura de que todo iba a salir bien que no puede barajar la posibilidad de... ¿Sabés lo que pasó hace un par de días cuando el Viejo se puso peor?

Alma me escucha atentamente.

—Un médico nos explicaba la gravedad de la situación, el riesgo de infección, de que no haya vuelta atrás... Nos lo estaba poniendo negro. Y de repente mi vieja se dio media vuelta y se fue de la sala. Mi hermano Mauro se quedó con el médico y Carla y yo nos fuimos tras ella. La encontramos sentada en la escalera con la cara apoyada en los puños. Creí que lloraba pero cuando levantó la cabeza me impresionó. Tenía un gesto durísimo. Estaba furiosa. ¡Furiosa con el Viejo! Cuando nos acercamos para consolarla se levantó de golpe, dio un paso atrás, nos miró a los ojos a uno y a otro y señalando con un brazo hacia la sala de terapia intensiva nos gritó: «¡No se puede morir! ¡Él tiene que estar conmigo!».

—¡Qué fuerte!

Se acerca el mozo del bar y pone delante de Alma lo que, al parecer, ha pedido.

—Alma... ¿Te vas a tomar un submarino?

—Sí, ¿por?

—¿Y dónde dejaste la cartera y el uniforme del cole?

—Pavo...

—No, en serio. La última vez que vi a alguien tomarse un submarino fue hará más de veinte años y seguro que ninguno de los dos teníamos más de diez.

—Vamos por partes. Primero: no te hagas el pendejo, que hace veinte años ya teníamos diecisiete vos y yo... Y segundo: ahora la gente valora cosas como el *sushi* y deja pasar tontamente cumbres de la gastronomía como esta. El submarino, por desgracia, está muy devaluado.

—A ver, a ver. ¿Qué tiene de elaborado o complejo el submarino como para llamarlo «cumbre de la gastronomía»? Es muy simple, ¿no?

—¡Error! Esa es la impresión para el neófito, para el ignorante, si me permitís. ¿Cuántas veces escuchaste a alguien decir que la pintura de Kandinsky o de Miró es una mierda y que esas rayas o esas manchas las podrían hacer su hijito o su nieto?

—Diez o... doce mil veces.

—Pues esas pinturas son la cumbre de unos artistas que evolucionaron hacia la abstracción y, especialmente, hacia la síntesis.

—¡Epa! ¡Qué discurso! Me parece que te veo venir.

—El inventor del submarino fue un genio. Vamos a ver: la receta parte de ingredientes mínimos y no recurre a aderezos ni adornos. Solo se ocupa de preparar la química del invento, ya que el chocolate no se fundiría si la leche no estuviera a una temperatura obscenamente ardiente, tan ardiente que hubo que diseñar este soporte especial para los vasos de vidrio porque no se podría sujetar de otra manera. Por el contrario, si acaso el chocolate estuvo guardado en frío, se enfría la leche y se aborta el invento...

—¡...y ya está! ¡Se acabó la receta!

—¡Silencio! ¡Ahí está la cumbre de la abstracción! El creador, en la cima de su genialidad, prescinde con humildad de la gloria de elaborar y ser admirado por su destreza y pone delante del comensal los ingredientes para que cada uno lo elabore sobre la marcha y a su gusto. Hay tantas maneras de tomar el submarino como personas que lo disfrutan.

—¿Sí?

—Hay quien, impaciente, sumerge la barra de chocolate en el vaso de leche caliente y con la larga cucharita lo menea y lo revuelve y lo obliga a fundirse por completo mientras, a la vez, orea la leche para que se enfríe y bebérsela en cuanto pase el riesgo de autoinmolarse. Hay quien espera a que el chocolate se funda, pero no lo revuelve y deja que se deposite en el fondo para, al final, ofrecer a su paladar una orgía de placer al comerse el chocolate fundido a cucharadas. Otros muerden el chocolate y se lo pegan al paladar con la lengua y dejan que se mezcle con la leche en su boca según beben. Hay quien aprovecha mientras la leche arde para sumergir la punta del chocolate por contadísimos segundos, los justos para que se funda por fuera y poder chuparla de a poquito. Hay quien...

—Esperá... ¡Mozo! ¡Otro submarino!

—¡Bienvenido al club!

Alma consigue hacerme reír por primera vez en muchos días. Solo por eso ya estoy en deuda con ella.

—Todavía no puedo organizar que lo veas. Siempre están todos y no puedo generar sospechas o enfrentarlos a más cosas. ¿Entendés?

—Tranquilo. Yo espero.

Nos quedamos callados. Además, Alma se resiste a hablar de ella, esquiva mis preguntas, las resuelve con monosílabos. Es curioso que, a pesar de la complicidad surgida desde el primer momento, aún no nos conocemos tanto como para ocupar tiempos muertos sin que surja cierta incomodidad, esa sensación de tener que llenar el tiempo con palabras.

—¿Te agarró el corralito?

—Renzo: mirame bien. ¿Vos me ves cara de tener plata en un banco?

—No... ¡Yo qué sé, no entiendo nada de lo que pasa!

—¡Nadie entiende nada!

—Pero...

—¿Para cuándo los asados? Ya va siendo hora de que empieces a contarme, ¿no?

—No sé si puedo.

—¡Daaaaale! ¡Así nos distraemos de todo esto!

—No esperés mucho, ¿eh? Mirá que son simples historias domésticas. Hollywood en Hollywood, pero acá...

—No te atajes. Empezá y vamos viendo.

—Vos lo pediste.

La organización de los asados comenzaba un par de semanas antes con las rondas telefónicas de mi vieja para confirmar asistencias, repartir autorías de ensaladas y postres y disponer los traslados de los mayores. En los días previos, el Viejo ya había encargado la carne, las morcillas y los chorizos, y la víspera nos dividíamos las tareas para reunir las provisiones. Mi vieja empezaba a preparar sus empanadas, limpiaba a fondo la casa y baldeaba el *garage*, donde al día siguiente se celebraría la comida. Se recogían los encargos, se compraba carbón y nos turnábamos para acompañar al Viejo a buscar las damajuanas de vino, los refrescos y el hielo: una gran barra de hielo envuelta en arpillera que se colocaba con cuidado en la pileta del lavadero rodeada de botellas y se cubría todo con más trapos para conservar la temperatura.

Los 9 de Julio nos levantábamos temprano y, después de desayunar, mis hermanos y yo montábamos en el *garage* la gran mesa de los mayores y la de los chicos, juntábamos sillas propias y de los vecinos sin dejar nada librado al azar y rondábamos a mis padres mientras esperábamos la llegada de los invitados, que empezaban a caer sobre las once de la mañana.

El rito constaba de fases fijas y secuenciales. Primero, mientras iban llegando todos, se servía un vermouth que se centraba en dos focos: en la cocina se juntaban las mujeres y ayudaban a mi madre con la comida traída y la preparada en casa mientras repasaban las novedades familiares y, en el jardín, en una mesita junto a la parrilla, se reunían los hombres para debatir de política y acompañar al Viejo en su ceremonia culinaria, situación que él aprovechaba para contar sus últimos chistes. El vermouth se completaba con una picada con papas fritas, maníes, queso fontina, salamines y aceitunas. Los chicos nos ocupábamos de cargar los abrigos, todos orlados con escarapelas, a uno de los dormitorios y de llevar y traer mensajes y pedidos entre la parrilla y la cocina.

—Pedile a mamá que te dé la sal gruesa.

—Dice papá que me des la sal gruesa.

—Preguntale a tu papá si quiere que ya empiece a freír las empanadas.

—Dice mamá que si empieza a freír empanadas.

—Que tu mamá te dé el tenedor grande de trinchar la carne y me lo traés.

—El tenedor grande.

—Decile a papá que se acuerde de guardarle un pedazo de carne aparte al tío Pedro, que no puede comer sal.

—Un cacho de carne para el tío Pedro.

Cuando todos habían llegado empezaba lo fuerte: empanadas, chorizos, morcillas, el asado, los postres... Después de comer se recogía la mesa y se llevaba la vajilla a la cocina y mientras unas fregaban platos y bandejas, otros preparaban las mesas pequeñas para que los hombres jugaran al Truco y la mesa grande para que las mujeres y los chicos jugáramos a la lotería de cartones.

Durante el juego había café y, a media tarde, mientras se tomaba el mate, aparecían como por arte de magia unas inmensas bandejas de facturas de dulce de leche, de grasa y de crema pastelera de las que dábamos cuenta como si todo lo comido horas antes no hubiera sido más que un aperitivo.

Al caer el sol ya se habían ido todos, casi todo estaba recogido y esperábamos la noche comentando episodios del evento.

Alma me mira con cara de insatisfacción, irónica. Aprieta sus labios e inclina su cabeza como esperando algo más.

—¿Y? ¿Eso es todo? Renzo, ¡estirate un poco! Por lo que veo, el organigrama de los asados era el de cualquier asado de cualquier familia de cualquier barrio de Buenos Aires de los últimos cincuenta años. ¡Habrá algo más!

—Bueno, vos me pediste...

—Sí, pero... Soy una pesada, ya lo sé, pero... ¡Hacé un esfuerzo, dale!

—Sí, tenés razón. No sé, ayudame. Preguntame algo.

—No sé, contame lo primero que se te pase por la cabeza. Una discusión, un accidente... O alguna cosa tuya que recuerdes. ¡Cualquier cosa! Seguro que tenés mil cuentos.

—Sí, seguro... Dejame ver...

—Tic, tac, tic, tac...

—A ver qué se me ocurre...

1968

«Barrio plateado por la Luna,
rumores de milonga
es toda tu fortuna...»

Melodía de Arrabal, Gardel y Le Pera

Bolaño dijo que Canetti dijo, y parece que también lo dijo Borges, que el bosque es la metáfora de los alemanes. Tal vez por eso, buscando esa metáfora vital, el bisabuelo Kraemer creó un bosque de hijos y nietos en un paisaje desordenado y a medio hacer, lejos de su suelo germano. Pero no fue el único expedicionario de mis antepasados. La vocación colonizadora se alimenta por todas las ramas de nuestra genealogía.

Parece ser que, a finales del siglo XIX, los Kraemer abandonaron la Alemania surgida veinte años antes, tras la guerra franco-prusiana, con destino al Río de la Plata, en una travesía agotadora camino de un territorio casi salvaje para ellos, optimistas del destino. Años más tarde, la *oma* Grettel repetiría esa misma travesía junto a los suyos, con pocas ideas acerca del futuro y muchas esperanzas adolescentes.

Mi bisabuelo Johan, el padre del abuelo Sixto, emigró con su recién formada familia desde la frontera suizo-alemana hacia América después de la Gran Guerra y, como no le bastó para su aventura la ciudad en desarrollo que era entonces Buenos Aires, decidió desplazarse cientos y cientos de kilómetros más al sur para instalarse en tierras del Neuquén a pelear contra los elementos y fundar allí su bosque.

Un poco antes habían llegado la abuela Blasa y sus padres españoles, huyendo del hambre que produjo el empecinamiento monárquico por intentar salvar inútilmente con las armas los últimos vestigios de un Imperio cuyo esplendor nunca había llegado a sus lejanos pueblos de la meseta castellana.

Y lo mismo hicieron los bisabuelos Dante y Otilia, que llegaron de Sicilia con lo puesto, casi niños, para probar suerte en los arrabales porteños.

Tal vez la vocación familiar no fuera la de colonizar sino la de alejarse del origen, de sus raíces, de su gente. Quebrar la línea del camino y hacerse a ellos mismos. Ponerse a prueba allí donde nadie de los suyos lo hubiera intentado antes. ¿Habrá sido por eso que sus hijos abandonaron también esos primeros lugares rumbo a otros donde desafiar al porvenir desconocido? ¿Será por eso que yo también...?

Después de educarse en Alemania, Sixto no quiso volver al Neuquén de su padre y se instaló en los suburbios del norte porteño, fuera ya de la ciudad, en unas tierras que al mero paso del ferrocarril se habían declarado «urbanas». Fue en ese lugar donde empezó a construir su casa, en una parcela vallada con alambres que separaban trozos idénticos de campo y que unos pocos vecinos convinieron en llamar a unos «las calles» y a otros «sus tierras». Años más tarde llevaría a vivir a esa misma casa a la abuela Carlota, montada a lo amazona en el asiento de una de las primeras Harley que conocieran esas latitudes, con una mano enguantada en encaje abrazada a la cintura de él y con la otra, igual de enguantada, sujetando una maleta de cartón sobre su falda de organdí mientras intentaba apartar los ojos de la mágica mirada de unos sapos azules y esféricos que habitaban una zanja que, desde ese día, debería cruzar a diario para entrar o salir de ese, su nuevo hogar en el medio de ninguna parte.

Y toda la familia de Blasa colonizó una manzana entera en ese nuevo barrio conformando una especie de aldea endogámica donde hermanos, primos, tíos, cuñados y sobrinos compartían casas, huertas, gallinas y trabajos en una forma curiosa de socialismo excéntrico e inconsciente.

Y el abuelo Nicolás decidió que fuera en ese rincón inventado, casi inexistente, donde instalaría la tienda de ropa que había elegido probar como medio de vida.

Y sería ese suburbio del suburbio, barrio incipiente de hogares por crearse, uno de los muchos nidos de la clase media suburbana que definió al país por décadas y el lugar donde, las que con el tiempo serían mis familias, se cruzarían conjurando mi futuro.

No es raro entonces que cuando el Viejo y mi madre pudieron comprar su propia casa, sintieran que su barrio ya era demasiado grande, demasiado caótico para criar a sus tres hijos, y eligieran otro todavía en formación, un poco más lejos que el suyo natal, con las calles aún de tierra, descolgado del municipio que lo contenía y olvidado de la mano de un dios que solo atendía en la Capital.

Un barrio como tantos otros que fueron urdiéndose en ese suburbio interminable que aún hoy sigue creciendo y que sin solución de continuidad se extiende como tinta derramada sobre ese verde bonaerense, negativo del cielo. Barrios de inmigrantes, de casas bajas con algo de terreno para un jardín o una huerta o para que con los años se amplíe o se construya otra, sin normas ni licencias, donde se alojarían los hijos y los hijos de los hijos.

Mi cuadra parecía una pequeña muestra del aluvión inmigratorio que se desparramó durante décadas por toda la geografía argentina. Crecí en ese mundo en miniatura y nunca me extrañó que el habitante de cada casa fuera de origen distinto del de la casa de al lado. Hacia una esquina teníamos vecinos de origen griego, napolitano y genovés. Hacia la otra eran chaqueños, sicilianos, cordobeses, calabreses, gallegos, alemanes... En la vereda de enfrente se mezclaban santiagueños y tucumanos con italianos y holandeses. Y todos se consideraban argentinos. Nadie añoraba nada de lo que había dejado atrás a pesar de lo dura que podía ponerse la vida. Y esta realidad se completaba en la escuela, donde los apellidos españoles, italianos y alemanes se confundían con los polacos, judíos, rusos y árabes, como si esa condición diversa fuera lo propio de cualquier escuela del mundo.

Nuestra casa tenía un jardín de gramilla fresca que se desbordaba en plantas y arbustos cuidados con mimo por la diestra mano de mi madre. Un gran limonero, cuyos azahares aromaban las tardes, presidía ese espacio desde un vértice y sus frutos casi permanentes servían de moneda de trueque por las paltas de los vecinos griegos, los tomates de los italianos o las nueces de los gallegos. Muchas mañanas, en ese jardín se colaban las melodías napolitanas que cantaba una vecina mientras tendía la ropa en su azotea y algunas tardes, se oía al vecino chaqueño cuando se emborrachaba y amenazaba a su mujer, y cuyos gritos intentaba acallar el Viejo subiendo el volumen de nuestro Wincofon, donde gastaba sus discos de tangos de la orquesta de Miguel Caló. O discutían las gallinas de los muchos gallineros que se encontraban, pared con pared, en los fondos de las casas.

O los domingos por la tarde sonaba un concierto de radios sintonizando a la vez todo el fútbol en juego. Y los gritos celebrando los goles... Y los gritos maldiciendo los goles...

Mi casa era mi barrio, no se acababa en la puerta de la calle. Se extendía varias manzanas más allá en un territorio que me era propio y en el que me movía y me reconocía igual que en nuestra cocina o nuestro patio. No había límites físicos o peligros permanentes en mi mundo infantil. Los límites estaban en lo lejos que pudiera pedalear sin agotarme y los peligros, en el tráfico de alguna calle sin interés o en los perros vagabundos a los que había que medir antes de acercarse para luego convertirlos en compañeros inseparables.

A esa casa acudió la familia cuando el Viejo decidió retomar la tradición de los asados patrios. Yo tenía pocos años y veía llegar a mis tíos abuelos, a mis primos y primas, a toda la familia desde todos los rincones del extrarradio porteño con la sensación de que estaban huyendo de algo y de que buscaban refugio por unas horas al menos. Me gustaba creer que, como antes sus mayores, ellos venían desde esas distancias que yo sentía inabarcables y las atenciones y cuidados que mis padres les dedicaban eran dignos de la travesía que habrían sufrido. Travesías interminables en coche, o en tren o en colectivo. O combinando tren y colectivo; o dos colectivos. O tres. El caso era no faltar a la cita. Algo había desde siempre que movía a toda esa gente a reunirse por lo menos aquel día del año y reconocer aquello que la vida les desdibujaba. El vértigo, la lucha diaria, los problemas cotidianos los ocupaban y asediaban, pero había un lugar donde reencontrarse con ellos mismos y con los suyos, donde recuperar el sosiego, donde compartir sus inquietudes: nuestra casa abierta y los asados del Viejo.

Dos

—¿Viste cuando el Viejo empieza con los chistes y no para, no para...?

—No... No sé si...

—¡Sí, seguro que sí! ¿Viste que él tiene chistes de todo lo que se te ocurra, de cualquier situación que...?

—No...

—Pero si él...

—Nunca me contó un chiste.

—¡No puede ser!

—De verdad. Nunca.

—¡Pero si el Viejo solo cuenta chistes! Chistes y pálidas. O te cuenta un chiste o te suelta una pálida que te deja deprimido para el resto del día.

—No. A mí no.

—¿Pálidas tampoco?

—No.

—¿Ni una?

No es posible. Pueden tenerse muchas opiniones o impresiones del Viejo. Se puede dudar de su interés por la política; se puede discutir su desinterés por el fútbol frente a su pasión por el Independiente de Avellaneda; se puede admirar su coquetería y ese afán por mostrarse siempre joven y en forma. Pero es imposible ignorar su vocación por ser el centro de cualquier reunión de más de dos personas y su medio infalible para conseguirlo: los chistes. No es raro verlo de pie en la cabecera de la mesa de cualquier reunión familiar o de amigos, sobre una silla si hace falta, y desde ahí desgranar durante media hora, una hora, su retahíla de chistes mil veces contados, cien mil veces repetidos, pero que su público habitual le reclama como si fueran los temas clásicos de un cantante en un concierto multitudinario. Y él responde a los pedidos con orgullo, incorporando nuevos detalles, cambiando escenarios, metiendo en la anécdota a alguno de los presentes para que antes de rematar un chiste ya le inciten al siguiente: «¡El de la ambulancia!», «¡el de la alcancía!», «¡el de los maricas tímidos!», «¡el de las monjas y las putas!»... El Viejo atiende ufano a todos los reclamos y solo pasa la posta a pedido de mi madre o de sus hijos, cuando notamos que se está pasando, o porque vemos que alguien quiere compartir el protagonismo o, simplemente, porque estamos hartos y queremos volver en algún momento a nuestra casa. Pero a la vez tiene esa obsesión por reportarnos a los íntimos todas y cada una de las malas noticias y los pronósticos agoreros, especialmente si tienen que ver con su futuro, el de la familia y el del país.

Y sin embargo Alma dice que ella y el Viejo quedan siempre solos, sin público a quien deslumbrar o a quien agobiar y, lo más increíble, dice que nunca le ha contado chistes. ¿Cómo puede el Viejo no ser el Viejo con ella? Con Alma no despliega esa cualidad que le ha dado tanto éxito con los de afuera y nos ha roto tanto las pelotas a los de cerca. Es raro, no me cuadra.

—A lo mejor conmigo no se animaba o le daba vergüenza.

—Imposible. La vergüenza es un gen del cual en mi familia carecemos...

—¿Pensás que conmigo no era natural? ¿No era él?

—No... No creo que el Viejo pueda evitar ser él mismo...

—¿Y entonces?

Entonces me quedo callado. Me pregunto por qué el Viejo actúa de esa forma cuando está con Alma; por qué un hombre que jamás ha perdido la ocasión de ser el centro, de llamar la atención con su histrionismo, deja pasar la oportunidad de lucirse frente a un público nuevo, frente a alguien que no se sabe de memoria todas sus artes como nosotros y el resto de la familia y sus amigos; por qué no usa con ella sus armas conocidas, sus recursos habituales, sus probadas destrezas.

—¿Sabés qué creo? Creo que el Viejo con vos hace buena letra. Llegaste a su vida cuando sus otros hijos ya le habíamos echado en cara nuestras rebeldías adolescentes, ya nos habíamos quejado de todo lo que nos jodía de él, ya le habíamos puesto frente a un espejo que le hacía sentir menos importante, menos centro. Todas esas crueldades y pelotudeces que de jóvenes hacemos con nuestros padres y que nos cuesta décadas reconocer, en caso de que tengamos la grandeza de hacerlo.

—¿Y?

—Y digo que a lo mejor el Viejo vio en vos la oportunidad de hacer buena letra. De corregir los errores, esos supuestos errores que sus otros hijos le habíamos endilgado, y prescindir de esas cosas para que con el tiempo vos no se las echaras también en cara.

—Pero entonces cuando estaba conmigo no era él. Entonces no lo conozco...

—O entonces entre los dos podemos completar un Viejo total. El que es y el que quiere ser. El que siempre fue y el que se propuso ser estos últimos años.

—¿Vos creés?

—Sí. Cada uno de nosotros conoce una faceta del Viejo y estamos condenados a compartirlas si queremos conocerlo de verdad.

1976

«Para henchir de riqueza el buque ufano
Cuadra la ceba sus compactas reses,
Y el calor germinal de tu verano,
Hecho sólida luz se logra en mieses.
Dando su prez al laborioso empeño,
Te aduerme con eclógicos olores
La profunda pradera, en fértil sueño
De humedad, de luciérnagas y flores»

Oda a la Patria, Leopodo Lugones

«Te quiero país tirado
más abajo del mar,
pez panza arriba,
pobre sombra de país,
lleno de vientos,
de monumentos y espamentos,
de orgullo sin objeto,
sujeto para asaltos»

La Patria, Julio Cortázar

Las tapas las compraba hechas. Seguro que sabía amasarlas a conciencia sobre la mesada de la cocina, pero generalmente no tenía ni ganas, ni tiempo. Además había algunas marcas en el mercado que las hacían muy bien y eso era más práctico y nadie lo notaba, así que... las tapas, mi madre, las compraba hechas. ¡Pero el relleno era otra cosa! El relleno no podía pasar por otras manos. El relleno tenía que ser el suyo. Lo preparaba siempre el día anterior, para que se concentrara, decía ella, para que absorbiera los jugos de las verduras, el color del pimentón, la textura de las aceitunas, la potencia de la carne...

—¿Qué hacés?

—El relleno para las empanadas de mañana. ¿Ya te olvidaste que mañana es 9 de Julio y vienen todos, como siempre?

Mi madre picaba cebollas en una tabla sobre el mármol, con un gran cuchillo. Las picaba muy, muy fino y cuando le lloraban los ojos, levantaba la cara hacia el techo y se los secaba con las mangas del suéter que llevaba arremangadas casi hasta los codos.

—¡¿Cómo me voy a olvidar si hoy tuve la Fiesta de la Patria en la escuela?! —Y sonriendo agregué—: Y vos, ¿no te acordás que hoy me tocó recitar en la fiesta de mi escuela, eh?

Volcó la cebolla en una gran cacerola con aceite caliente que chisporroteaba sobre el fuego. Le dio un par de vueltas con su cuchara de madera y el crepitar fue menguando hasta transformarse en un rumor como de lluvia lejana. Se secó las manos en el delantal que llevaba anudado a la cintura y tiernamente respondió:

—Claro que me acuerdo. Ya te dije que estuviste muy bien. Pusiste la voz igualito igualito a como te enseñó papá. Estabas tan lindo...

—Sí, pero a mí me gustaba más la otra poesía, la de Cortázar que había elegido primero la seño. Pero como el director dijo que no, que mejor la de Lugones...

Ella me miraba apenas mientras hablábamos y yo no la perdía de vista ni un instante. Ahora cortaba verdeo y morrones que echó también al fuego (un secreto: el verdeo es lo que las hace más jugosas). En un rincón de la mesada, junto al tarro de pimentón y al ají molido, había unas grandes hojas de periódico desplegadas, arrugadas, sobre las que descansaba una enorme bola de carne picada muy roja. Demasiado roja. Demasiada sangre.

—Y el año que viene ya vas al secundario... ¡Dios mío! —se susurró mi madre.

—¡La de Lugones no me gusta! ¡Está llena de palabras raras! ¿Por qué no podía recitar la otra poesía, ma?

Me oía con la cabeza en las últimas noticias y me echaba cortas miradas de soslayo. Hacía poco más de tres meses del golpe de Videla. Había una calma tensa en la calle, en el ambiente. No se comentaba, no se decía, pero todos conocían a alguien que conocía a alguien que sabía de alguien que andaba en algo y del que nadie sabía nada desde hacía un tiempo.

—Mirá, Renzo, yo no sé por qué, pero son tiempos difíciles. Mejor no preguntes. Si el director lo dijo, él sabrá. Vos hacé siempre, ¡siempre!, ¿me entendés?, siempre lo que te diga la maestra y si ves algo raro o sospechoso se lo contás a ella o a nosotros. Bueno, a ella y a nosotros... ¡O mejor solo a nosotros! ¿De acuerdo?

—¿Cómo raro? ¿Raro cómo?

—¡Y... raro, Renzo, raro! ¿No sabés lo que es raro? Algo raro. Vos estate atento.

Me miraba sin saber explicarme ni explicarse sus miedos.

—Me voy a andar en bici. Vengo después a tomar la leche. ¿Hay dulce?

—Hay dulce, hay dulce... ¡Claro que hay dulce! Vení. Dame un beso, Dulce...

Camino de la puerta di media vuelta y me acerqué. Ella se inclinó hasta poner su mejilla a la altura de mi beso. Los ojos me picaban. Olía a cebolla y a jabón. Olía a su colonia y a leche. Olía a ganas de abrazarla y de quedarse un rato viviendo en su pecho. Me dio una palmada en el culo y salí corriendo mientras me gritaba:

—¡Cuidado, mucho ojo ahí fuera! ¡Y no te vayas lejos, ¿eh?! ¡Mirá que después...!

Pero yo ya pedaleaba en la calle, otra vez veloz y centauro, sabiendo que ella acabaría la tarea que tantas veces la había visto hacer: al sofrito de cebolla de verdeo y morrón echaría la carne y, desmenuzándola con la cuchara de madera, le daría vueltas mientras llegaban la sal, la pimienta y un puñadito de azúcar (otro de sus secretos...). Finalmente probaría su alquimia en la punta de la cuchara dándose el visto bueno con un guiño a sí misma y sonriendo de medio lado. Retiraría la olla del fuego, echaría un buen puñado de pasas de uva y otro de aceitunas, y solo entonces (otro secreto más) agregaría el ají molido y el pimentón, porque «si los echás cuando aún está hirviendo, se te queman seguro». Recién al día siguiente le agregaría los trocitos de huevo duro, antes de rellenar las tapas.

Aquella noche la escuché contarle al Viejo que, al terminar la tarea, abrió la heladera para guardar la cacerola y se quedó de pronto agachada con las manos apretando las asas, mirando como un ciego a la fruta y a la nada, con el gesto congelado. Soltó la olla, cerró la heladera de un golpe y corrió hacia la puerta mientras se arrancaba el delantal de la cintura y se estrujaba las manos con él. Salió a la calle y miró a las dos esquinas buscando a su Dulce, pero hacía rato que yo cabalgaba a varias aventuras de mi casa. Se quedó horas allí, de pie, angustiada, esperando con los ojos llorosos de cebolla y realidad.

Tres

—¿Caminamos un poco?

—Sí, dale. Todavía es temprano.

No me centro. La mitad del tiempo tengo la cabeza doce metros más arriba de donde estamos, en la unidad de terapia intensiva, y la otra mitad a diez mil kilómetros de distancia, en Madrid, y Alma nota mi ausencia de cuerpo presente.

—¿Extrañás?

—¡Claro que extraño! Allí tengo mi casa, mi pareja, mis amigos. Dejé el trabajo en banda y mi socia estará frenando a los clientes que querrán comerme crudo cuando vuelva. Son muchos años ya. Extraño, sí que extraño.

—En realidad mi pregunta era si extrañás Buenos Aires pero, bueno... ya me contestaste.

—¡Ah! No, no te equivoques. También extraño Buenos Aires. Pero estando acá...

—...extrañás Madrid, ¿no?

—Sí. Es el sino de los emigrantes. En Madrid extraño Buenos Aires y en Buenos Aires extraño Madrid. Y eso ya no va a cambiar.

—Es jodido.

—Supongo que a vos te pasaría lo mismo.

—...

—Cuando vivías en Madrid, digo. En Madrid viviste, ¿no?

—Ajá...

—¿Y te pasaba lo mismo?

—No... Bueno, yo me fui muy chica y acá me crié en el río, en el Delta, con mi vieja y mi abuela. Solas las tres... No dejé mucho acá.

Parece que va a contarme algo suyo. Me quedo expectante para ver si se siente con la necesidad de seguir el relato, pero no reacciona. No quiero forzarla, pero al ver que no habla, que no parece dispuesta, trato tímidamente de animarla a seguir.

—¿Y?

—¿Y nunca fantaseás con volver? No sé... alguna vez.

Alma se escapa metiendo de forma inconsciente el dedo en una llaga sangrante, nunca cerrada. La fantasía del regreso es recurrente y difícil, ya que no tiene opción buena: seguir en Madrid es renunciar a media vida que dejé en Buenos Aires; volver a Buenos Aires supondría abandonar la vida que llevo y disfruto en Madrid. Así de sencillo y así de duro. Es un tema que procuro asumir como irresoluble y por tanto lo esquivo conscientemente. Y Alma está ahora mordiendo justo donde duele. Me está llevando a un campo al que temo acercarme pero del que nunca me alejo.

—Sí, algunas veces lo pienso.

—Pocas.

—Pocas. Unas quince o veinte veces al año, nada más... Pero no pasa de ser un relámpago de fantasía que no resiste un segundo análisis.

—Te costaría volver acá.

—No, no creo. Me fui por inquieto, por curioso. No me fui enojado con el país ni con nadie, así que creo que no me costaría pero…

—…

—…estoy demasiado instalado allí y la movida sería demasiado grande.

—Bueno, depende —dice Alma—. Es una de esas cosas que hay que hacerlas sin pensar. Uno se ata a lo cotidiano, a lo seguro, y de repente un día te das cuenta de que soltar amarras y deshacer lo hecho no es más que proponérselo.

—Seguramente. Aunque este país no hace mucho por seducir con un retorno a los que nos fuimos.

—No. No hace nada. Pero no es algo que uno evalúe en función de lo que deja en un sitio o lo que puede obtener en otro. Si hacés cálculos perdés seguro, en cualquier lado. Es más fuerte que eso, ¿no?

—Tan fuerte como que puede suponer romper con todo otra vez y empezar de nuevo otra vez y saltar al vacío otra vez. Y además habría terceros dañados. Es algo que ya hice con veinticinco años y que no sé si tendría las fuerzas de repetir.

—¿Y las ganas?

—¿Vamos volviendo? Quiero comprarle unas flores a mi vieja antes de subir.

—Eh… bueno…

Caminamos un rato en silencio. Noto que Alma me mira de reojo cada pocos pasos mientras yo sigo rumiando la charla reciente. Finalmente decido relajarme.

—¿Querés un pañuelo para limpiarte mi sangre de los dientes?

—¡Che! ¡Yo no dije nada! ¿Qué dije yo?

—No. Caminá. No dijiste nada.

1974

«Me verás volar
por la ciudad de la furia
donde nadie sabe de mí
y yo soy parte de todos»

En la ciudad de la furia, Gustavo Cerati

El Viejo empezaba a preparar el fuego para el asado mucho antes de que llegaran todos. ¡Pero mucho antes! Mucho. Colocaba la parrilla en un lateral del jardín, contra la medianera, y al lado ponía un trozo de chapa sobre el que, de a poquito, iba organizando todo para hacer un fuego grande. Antes ya había dispuesto el resto de su quirófano: había quitado las cenizas de la parrilla, había acomodado sus cuchillos, se había colgado una toalla del hombro para secarse el sudor que le produciría el calor del fuego, había ordenado la carne sobre unas tablas de madera y la había cubierto para protegerla de las moscas.

—Vení, Renzo. Vení un rato.

—¿Qué?

—¿Querés aprender?

Alcé los hombros sin tener respuesta.

—¿Querés o no querés? Algún día vas a tener que aprender. No voy a hacer los asados siempre yo, ¿no?

—¿No?

Con diez años, yo no podía concebir que él no fuera por siempre el asador de la familia. Ni se me había ocurrido que fuera necesario saber cómo lo hacía. ¿Para qué? Los asados los hacía el Viejo. Y punto.

—¿Te enseño? Tus hermanos ya están aprendiendo.

—Bueno.

—Mirá, el asado tiene muy pocos secretos pero todos son importantes. Podés tener un buen fuego y joderlo. Podés tener la mejor carne y joderlo. Podés tener la mejor parrilla, la más cara, y joderlo. El secreto está en no descuidar ninguna de las pequeñas cosas que hacen al asado.

El Viejo me hablaba pero se hablaba. Sabía que era un maestro en la parrilla e intentaba enseñarme regodeándose en su saber sin esperar casi respuestas.

—¡El fuego! Yo te digo que el fuego es fundamental. Tenés que tener cuidado con el fuego: que no te arrebate la carne, que no te queme los chorizos, que no te lo ahúme todo... El fuego hay que cuidarlo mucho, no hay que distraerse. Esto es muy importante. Grabátelo: no-dis-tra-er-se.

—¿Por qué lo hacés aparte? ¿Por qué no lo hacés en la parrilla directamente?

—Porque el asado no se hace con el fuego.

—¡¿Cómo que no?!

—¡No, hijo, no! ¡Se hace con la brasa! Por eso lo hago aparte. Hacés un buen fuego, grande, con mucho carbón y si tenés leña, mucho mejor. Lo dejás que agarre bien fuerte y cuando tenés mucha brasa, la vas pasando debajo de la parrilla con una pala según vas necesitando más o menos fuego. ¿Ves?

—Ajá.

—¿Y vos? ¿Todo bien?

Volví a levantar los hombros en un gesto despreocupado, obvio. Nada importante.

—¿Qué hiciste estos días? ¿Alguna novedad?

—No.

—¿Nada, nada?

—Nada, nada.

Agarró una pala que tenía al lado y, mientras daba paladas de brasa del fuego a la parrilla, me iba dando las recomendaciones.

—Vas desparramando... así... la brasa... debajo de la parrilla... así... pero... siempre es bueno... guardarte una zona sin fuego... sin brasa... ¿ves?... así... por si en un momento tenés... que sacar... algún pedazo para... que no se pase... así... o retrasar un poco el asado... por si falta... que llegue alguien... Ahí está, ¿ves?

Yo veía. Miraba. ¿Entendía? Escuchaba.

—¿Cómo van tus cosas? ¿El cole?

—Y... bien. ¡Yo qué sé!

¿Qué quería que le dijera? Mal no me iba, pero nunca me preguntaba mucho del colegio. Decía que nosotros teníamos que ser responsables y organizar nuestro estudio sin depender de ellos. Jamás se sentaba a ver mis deberes o a tomarme una lección. Nunca. Ni a mí ni a mis hermanos. Ni mi vieja tampoco. Desde chicos supimos que el colegio era cosa nuestra. Iban a la escuela, hablaban con los maestros, estaban al tanto, pero en el día a día el estudio lo asumíamos cada uno de nosotros.

—Ahora vamos a limpiar la parrilla. Se limpia con un cacho de grasa que le cortás a la carne.

—¡Qué asco!

—¿Por qué? Es la misma grasa que te comés con el asado. Mirá, la dejás derretir con el calor y con eso limpiás la parrilla bien a fondo. ¿Ves?

—Sí. Veo.

—Y después le pasas un papel de diario arrugado... así... para arrastrar lo sucio... la ceniza... y la grasa quemadas... ¿Fuiste al cine estos días?

—No.

—¿Seguro?

—¿Cómo te das cuenta de que ya podés poner la carne?

Movió la palanca de polea que subía y bajaba la parrilla del fuego.

—Mirá, vení. La parrilla se pone como a veinticinco centímetros de la brasa, ¿ves? Más o menos. Y después ponés la mano como a diez centímetros de la parrilla y contás hasta diez.

—Hasta diez.

—Si no podés aguantar el calor hasta diez es porque el fuego está muy fuerte. Y si podés seguir contando es que te quedaste corto y falta fuego.

—Ah... ¿Puedo probar?

—Claro, poné la mano así —dijo— y contá hasta diez.

—Uno, dos, tres...

El humo me picaba en los ojos, se me metía por la nariz y me ahogó un segundo. Tosí para rascarme la garganta pero seguí contando. El olor de la grasa, las chispas del fuego y la atención del Viejo me animaban a seguir.

—...nueve, diez, once, doce...

—¿Ves? Todavía está flojo. Poco fuego. Pero vamos a esperar, que falta un rato para que empiece a llegar la familia. Me había dicho mamá que la otra tarde en el cine... ¿No fuiste entonces?

—Sí... pero no.

Mis hermanos y yo solíamos ir al cine un par de veces al mes. Íbamos a los dos cines del barrio, cerca de la estación, a solo cinco minutos de casa en colectivo. Sesión doble y a veces triple. Una película de estreno y otra de relleno. Las de relleno se repetían mucho. Entre los nueve y los quince años debo haber visto *La aventura del Poseidón,* con Gene Hackman, unas catorce veces. La pobre Shelley Winters nunca conseguía sobrevivir a la escena del buceo. ¡Pero gracias a la gorda se salvaban todos! Cuando era más chico íbamos los tres hermanos juntos, pero según íbamos creciendo los gustos divergían y los estudios nos separaban. Además, como los cines estaban muy cerca, era habitual que yo me fuera solo cualquier día de la semana a la primera sesión de la tarde y que en el otro cine estuvieran Mauro o Carla viendo otra peli.

—¿Cómo que «sí pero no»? ¿Fuiste o no fuiste?

—Sí... ¿Y ahora ya se puede poner la carne? ¿O los chorizos?

—Todavía no. ¿Qué fuiste a ver?

—Una de Sandro. *Operación Rosa Rosa.*

—¿Y te gustó?

—¡Cómo me va a gustar si al final no vi nada!

—¿Por? ¿Qué pasó?

—Suspendieron la peli porque se murió Perón. ¿Ponemos los chorizos? Daaaale...

—¡No! ¿Justo ese día fuiste? ¡Qué puntería, Renzo!

—¡¿Y yo qué sabía que se iba a morir?!

—Sí, claro... ¿entonces?

—Compré la entrada y me metí en la sala. Esperaba, esperaba y la peli no empezaba.

—¿Y?

—Y al final vino el acomodador y dijo que se suspendía la proyección porque se había muerto el General.

—¿Así te dijo? ¿El General?

—Se te quema la grasa.

—Sí, ya sé. No importa. La dejo que se queme. ¿Qué más pasó?

—Y... yo le pregunté si podía esperar un poco por si iban a pasar la peli más tarde pero el tipo se puso como loco. Me gritó que quién me había educado tan mal, que si no sabía que el General era el Presidente de la República y que le debía guardar luto y respeto, y que seguro que en mi familia eran unos gorilas, y no sé cuántas cosas más.

—¿Te empujó o algo?

—No. No me hizo nada. Solo gritaba.

—¡Qué tipo pelotudo! ¿Y vos qué hiciste?

—¿Yo? Nada. Fui a que me devolvieran la guita y ya está.

—¿Y por eso te quedaste mal estos días? ¿Porque te trataron así?

—No. No me quedé mal. Por eso no.

El Viejo intentaba entender lo que me pasaba y quería descubrir si me sentía ofendido o si tenía claro lo que había ocurrido.

—¿Vos sabés qué son los gorilas? —me lo preguntó como ofreciéndome una explicación, dispuesto a ayudarme.

—Son los que no quieren a Perón, ¿no?

—Y...

—¿Nosotros somos gorilas?

—No... Bueno, no. Gorilas, gorilas, no. Pero peronistas no somos. Sobre todo tu vieja.

—Sí, ya sé. Por lo del abuelo Sixto, ¿no?

—¿Qué cosa de tu abuelo?

—Ella me contó que el abuelo Sixto trabajaba en la aduana y que lo obligaban a ser peronista y que tenía que llevar el escudito peronista en la solapa del uniforme y todo eso.

—Y, sí, eso es verdad.

—¿Y es cierto que tooodas las noches, cuando llegaba a casa, se arrancaba el escudito y lo escrachaba contra la pared?

—Ja, ja, ja. Sí. ¡Mi suegro tenía un carácter! ¡Como la hija!

—¿...y que la abuela Carlota buscaba el escudito por el suelo tooooodas las noches y se lo volvía a poner en la solapa del uniforme para que al día siguiente no tuviera problemas en el trabajo?

—Sí, eso también. Pero hubo más cosas, ¿sabés? Algunas malas y algunas buenas, hizo Perón. El aguinaldo, las vacaciones, muchos barrios para los pobres, hizo Perón...

—¿Y entonces?

—Y... este país es raro, Renzo. Hay mucha gente, los ricos, los poderosos, que no quieren que ayuden a los pobres. Los quieren así porque los manejan más fácil. Esos a Perón lo odiaban. Lo odian. Y hay otros que se aprovechan de los pobres, les dan miguitas para tenerlos contentos y después se olvidan de ellos.

—Pero nosotros no somos ricos.

—No, no, ricos no.

—Ni pobres...

—Y pobres, pobres... tampoco. Pero bueno, más pobres que ricos.

—Ni peronistas tampoco.

—Y, no... Tampoco.

Creyó que mi anécdota se había acabado y que su explicación resolvería mis dudas y conseguiría que recuperara mi habitual entusiasmo infantil. Pero yo seguía preocupado y seguramente su cercanía me hizo sentir que tenía que terminar de contarle, que tenía que mostrarle lo que me pasaba.

—Cuando me iba del cine se me acercó una viejita con cara de angustia, nerviosa. Me agarró de la campera y me empezó a sacudir y me preguntaba a gritos que si era verdad, que si era verdad, que si se había muerto el General...

—¿Y qué hiciste?

—Y... le dije que sí, que era verdad. Yo trataba de zafarme y ella se me quedó mirando y empezó a llorar. Me miraba y lloraba. Lloraba mucho, papá. Decía que no podía ser, que qué iban a hacer ellos ahora. Estaba muy triste la pobre. Cuando me pude soltar, se fue por la calle y seguía llorando y se apoyaba en la pared y alguna gente se acercaba a consolarla y también lloraba. Yo me volví para casa. Por eso me quedé mal. Me quedé triste por la señora.

—....

—Papá.

—...

—Papá.

—...

—¡Papá, se te apagó el fuego!

—¡Puta carajo! ¡Qué pelotudo que soy! ¡Mierrrrrrrda!

Cuatro

Llego temprano al Otro Mundo y me voy directo al baño. Mientras meo, pensando en cuánto tiempo se va a prolongar esta rutina hospitalaria y asfixiante, juego distraído a mover con el chorro las tres bolitas de naftalina que hay en el urinario y cuya renovación semanal resume la única operación de higiene que el dueño del bar considera necesaria para mantener sus instalaciones al merecido servicio de su público. Salgo con el olor a naftalina meada picándome en la nariz, en la garganta y una náusea recurrente en la boca del estómago. Cuando llego al centro de la cafetería me quedo paralizado. Alma ha llegado y me saluda desde una mesa junto a la ventana al mismo tiempo que mi vieja entra por la puerta como buscando a alguien. Buscándome a mí, claro. Cambio de rumbo, le hago gestos disimulados e incomprensibles a Alma y voy al encuentro de mi vieja.

—Hola, mamá. ¿Qué hacés acá?

—Te buscaba.

—¿Acá? ¡Este lugar es un asco!

—Pero vos venís siempre, ¿no?

—Eh...

—¿No me ibas a acompañar a la farmacia a comprar lo que nos pidieron los médicos para papá?

—¡Ah! ¡Sí! Claro, claro.

—Oíme, hijo. Si vos podés... me gustaría comprar algunas cosas más.

—Seguro, vieja, ¿qué más necesitás?

—No... yo no, el hospital.

—...

—No tienen nada, Renzo. Falta de todo. ¡No hay algodón, no hay vendas, no hay alcohol! ¡Nada!

—Lo que no hay es derecho, vieja.

—Sí, pero ahora no es momento de quejarse. Yo ya les pregunté a las enfermeras qué necesitan.

—¿Y?

—Y... lo que se pueda. Los médicos y enfermeros hacen magia para poder atender a todo el mundo con lo poco que tienen.

—Es increíble...

—Esa gente está haciendo más de lo que puede por papá. Yo quiero ayudar, Renzo. Si vos podés, claro.

—Lo que quieras, vieja. Contá conmigo.

—Gracias. ¿Vamos?

—Vamos.

Mientras salimos le hago más señas a Alma, a espaldas de mi vieja, para que me espere. Volveré en un rato. Alma sonríe desde la mesa. Ya tiene delante su submarino.

1983

«Caminando, caminándote
mi calle que quizá
yo pueda cambiar
esperando, esperándote
costumbres argentinas
de decir ¡NO!»

Costumbres Argentinas, Andrés Calamaro

El teléfono estalló en mi cabeza como un choque de trenes. Me deshice como pude del abrazo que me había cobijado toda la noche y me estiré para contestar.

—¿Mmmm?

—¿Renzo? ¡¿Todavía estás durmiendo?! ¡¿No vas a venir?!

—¿Eh? No... Sí... Hola, Viejo.

—¡Yo pensé que ibas a venir a ayudarnos! ¡Ya deben de estar por llegar todos! ¡Tu madre está furiosa con vos!

—Sí... eh... sí... Ahora mismo iba a salir...

Yo mentía mientras buscaba mi reloj por el suelo, entre la ropa arrancada con prisas unas horas antes, entre los recuerdos de la intensa noche, entre los restos de la euforia sexual y los brotes de una madrugada culpa filial.

—Vení. Volvé a la cama... —Oí que me reclamaban entre sueños.

—¿Estás con alguien? —preguntó el Viejo—. ¿Con quién estás?

Entonces caí en la cuenta de que no sabía el nombre que le correspondía a la cara que en ese momento recibía un almohadazo de mi parte y una seña exagerada de silencio y que había dormido a mi lado toda esa noche, aunque dormir era lo que menos tiempo nos había ocupado. Todo había sido tan urgente y tan intenso que ese detalle, el de preguntarnos el nombre, se nos había pasado por alto.

Llevaba algunas semanas instalándome poco a poco en el pequeño departamento que había heredado tras la reciente muerte de la tía abuela Cordelia. Con paciencia y con la ayuda de amigos había rasqueteado el histórico papel de las paredes, había pintado, me había conseguido un colchón que solté en el piso sin más («futón» no era un concepto que se manejara en aquella época) y había puesto una mesa de dibujo que me permitía dividir la vida entre mi dormitorio adolescente en casa de mis padres y mi nuevo refugio de universitario independiente.

La tarde anterior había asistido a un acto en mi facultad en defensa de los derechos humanos. El previsible fin de la dictadura y la convocatoria inminente de elecciones permitían que las marchas y manifestaciones políticas se repitieran periódicamente. Desde las barandas de las plantas superiores de la facultad, que se abrían como balcones al gran patio cubierto que resumía el centro de la vida estudiantil, colgaban inmensos carteles pintados por los militantes de las diferentes formaciones políticas que recalcaban sus consignas. Esos carteles se renovaban o se boicoteaban a diario, pero el que enumeraba los nombres de los alumnos de la facultad que habían desaparecido durante la dictadura era permanente. Ese no se tocaba.

Por la tarde habían hablado los representantes de algunas agrupaciones estudiantiles pero el esperado final fue el discurso de una de las Madres de Plaza de Mayo. Ella habló, todos callamos. Algunos lloraron. Algunos lloramos. Cada uno reflexionó intentando reconocer en sí mismo el momento exacto en que, más tarde o más temprano, se había quitado la venda y había aceptado mirar de frente a esa realidad que estas mujeres venían pregonando desde hacía años. Y en todas las esquinas de todas las plantas que daban al patio, unos hombres de trajes oscuros, Ray Ban oscuras y oscuras intenciones mal disimuladas, vigilaban el desarrollo del acto y encajaban impasibles los insultos que les gritábamos desde abajo.

Fue en plena efervescencia del final del acto cuando vi que me miraban de una manera que nunca me habían mirado y respondí inexperto. Con diecinueve años yo no era ningún novato. Mi experiencia sexual había sido temprana y variada, pero se había resumido en muchos encuentros apurados y vecinales robados del juego de las escondidas por los baldíos del barrio, en pajas comunitarias y solidarias o, más tarde, en rincones perdidos de fiestas de colegio y en un par de novias adolescentes que me habían descubierto más de lo que yo les había enseñado. Pero aquella mirada era nueva y nueva era también la excitación desbordante que me producía. Terminado el acto, mientras nos dispersábamos, noté que me seguía. Me distraje de mis amigos, rezagándome y perdiéndome entre la gente, hasta que pude enfrentar esa mirada que me encaró.

—Hola. ¿Me estoy equivocando?

—¿Por? —pregunté nervioso.

—Porque no sé si me estás esquivando o me estás provocando —desafió.

—En cualquier caso sería involuntario. No soy consciente de estar provocándote y estoy seguro de que no querría esquivarte.

—Ahora entiendo menos... Me estás confundiendo.

—Creo que el confundido soy yo.

—Entonces empecemos de nuevo y seamos claros.

—De acuerdo.

Nos reímos a la vez, pero cuando miré sus ojos cambió el gesto y simuló, exageradamente, que acababa de acercarse y volvió a iniciar nuestra charla.

—Hola. Me gustás. Y me gustaría conocerte.

—Eso sí que es claro. Clarísimo —ensayé mundano mientras me reponía del sacudón.

—¿Y? ¿Qué respondés?

—Que sí.

—Que sí, ¿qué?

—Que bueno. Que claro. Que sí.

Nos quedamos allí de pie un buen rato, charlando emocionados del acto y de su militancia en el Centro de Estudiantes y de mi escepticismo hacia los partidos tradicionales. Seguimos hablando de la facultad y de las materias cursadas mientras, camino de la ciudad, flameábamos colgados del pasamanos del colectivo 160 a velocidad colectivera. Criticamos las cátedras y a los profesores remontando baldosa a baldosa la Avenida Santa Fe hacia el centro. Nos contamos trozos de vida mientras devorábamos trozos de pizza en El Cuartito de la calle Talcahuano. Intercambiamos impresiones mutuas andando sin rumbo hacia mi departamento. No llegué a formalizar una invitación a subir. No hizo falta. Mientras intentaba nervioso embocar la llave en la puerta de la calle, sentí que su cuerpo se pegaba al mío desde los pies hasta la nuca y al abrir, giré y me planté para esperar su entrada y pegarme al suyo desde mi boca hasta su sexo. En el ascensor nos besamos más pisos de los que necesitábamos recorrer y acceder al departamento fue una lucha entre mis llaves, sus manos y mi excitación. Nos desnudamos a mordiscos. Nos arrancamos los besos. Nos llenamos del otro a manos y a saliva. Me comí cada parte de su cuerpo y se bebió cada célula del mío. Tuve mil dedos, cien manos, diez lenguas. Y tuvo una lengua, dos manos, diez dedos que se multiplicaron sobre mí. Levitamos en la nube de nuestros olores. No respetamos ningún hueco, ninguna cavidad fue salvada del envite. Y todos nuestros apéndices se ocuparon del placer mutuo y cada gota de sudor propia fue untada en el otro antes de acabar absorbidas por las sábanas que se empaparon de nuestro goce desbordado, de nuestros gritos secos y de nuestro sexo líquido. Agotados y enredados, nos dormimos hasta que nos despertó el trueno del teléfono.

—Empiecen sin mí. No me esperen.

—Pero... ¿con quién estás? —insistió el Viejo.

—Salgo enseguida.

—¡Renzo! ¡Es 9 de Julio! ¡Tu madre te mata!

—¡Salgo enseguida! —Colgué derrumbado—. Me olvidé que tenía... Bueno, me olvidé de todo.

—Voy a tomarlo como un halago —me dijo sonriente.

—¡Por supuesto! Me olvidé encantado.

—Gracias.

—Hablando con mi viejo me di cuenta de que no sé cómo te llamás.

—Yo sí sé cómo te llamás. Renzo. Hace tiempo que te tengo fichado.

—En estos tiempos eso todavía da un poco de miedo.

—¡Ah! ¿Te doy miedo? —preguntó, y se incorporó amenazante.

—No... Ahora no... Ayer, tal vez —respondí acercando mi cara a dos centímetros de la suya—. ¿Y vos? ¿Cómo te llamás?

—Darío. Me llamo Darío y espero escuchártelo decir muchas veces a partir de hoy.

Cinco

—Pensé que ya no venías.

—Lo siento. La directora de mi escuela me retuvo un rato. Le estoy dando una mano con algunos expedientes porque estamos cerrando el curso. Tuve que correr unas cuadras hasta la estación de Tigre para no perder el tren.

—¿Sos maestra en Tigre?

—Llegué a la estación justo antes de que saliera —dijo mientras asentía—, pero más adelante había un cacerolazo cortando las vías en San Fernando y el tren no podía pasar.

Otro dato que Alma me confiesa casi al descuido: maestra en una escuela de Tigre.

—Está jodida la cosa. Y... ¿hace mucho que estás en esa escuela?

—Bueno, sí. Hace un tiempo... A lo mejor estamos asistiendo por fin al límite. Conociendo cuánto aguanta la gente, hasta dónde se deja pisotear antes de reaccionar.

—Es una forma positiva de verlo, el momento de la rebelión final.

—Bueno, todo llega.

La situación social se ha desbordado y a las protestas y manifestaciones permanentes se suman los cacerolazos, los cortes de calles y avenidas. La gente está harta y esta vez, por una vez, está exteriorizando su cabreo de forma activa.

—¿Y no te parece triste que el límite del pueblo no haya sido ético ni moral sino económico? La gente ha saltado cuando le tocaron el bolsillo.

—Mirá, no es la primera ni la décima vez que le tocan el bolsillo a la gente, Renzo. Y, además, pedirle ética a un pueblo al que se le ha racaneado la educación y al que se está empujando al hambre es un argumento un poco….

—…frívolo. Tenés razón. Es el argumento del que lo ve por la tele, desde fuera. No sé en qué estoy pensando. Lo del Viejo me tiene tarado.

—Ayer vi el saqueo de un supermercado de Tigre justo cuando yo pasaba por delante. Estaban desolados. Había señoras con bebés, chiquitos de diez o doce años, abuelos. Todos desesperados por agarrar lo que fuera, lo que pudieran. Era la jungla.

—Pobre gente…

—No tiene perdón que se les empuje a esos niveles de miseria moral.

—No. No lo tiene.

—¿Y el Viejo?

—Igual. No, peor. Ahora también tiene neumonía.

1978

«Me dijeron que en el Reino del Revés
nadie baila con los pies,
que un ladrón es vigilante y otro es juez
y que dos y dos son tres»

El Reino del Revés, María Elena Walsh

COLEGIO NACIONAL General Rigoberto Golpini
Provincia de Buenos Aires
Rector: D. Honorio Esbirri de la Tropa
Año Escolar: 1978
Materia: FORMACIÓN CÍVICA
Cursos: 3º y 4º Año Bachiller

Estimados educadores y educandos:

Como Rector de esta querida institución les transmito la tarea que me ha sido encomendada desde el Ministerio de Educación de la Nación y les ruego que sea desarrollada con profundo empeño por nuestros profesores y alumnos ya que los mejores trabajos serán seleccionados por el Claustro del Colegio y enviados a un Concurso Nacional de Talentos a celebrarse en fecha próxima y en el cual nuestro Colegio aspira a tener un destacado papel.

EJERCICIO:

El alumno redactará un texto de no menos de 500 palabras en el que se haga especial hincapié en la trascendencia internacional que supone para nuestra Patria y su orgulloso Pueblo el triunfo de nuestros abnegados deportistas de la Selección Nacional en la reciente competición de la Copa Mundial de Fútbol 1978 cele-

brada en nuestra República Argentina del 1 al 25 del pasado mes de junio en varias capitales del extenso territorio nacional.

El alumno podrá elegir cualquier forma de redacción (por ejemplo: composición, cuento, carta, reportaje). También se podrá ilustrar el trabajo con dibujos, fotografías o recortes periodísticos relacionados con el ejercicio.

Esperando sin duda el excelente resultado de nuestros alumnos les saluda atte.

EL RECTOR

EJERCICIO MUNDIAL 78

ALUMNA: CARLA. 4º Año 1ª División. Turno Mañana

PRESENTACIÓN

Ante el desafío que supone redactar un ejercicio tan importante he decidido elegir la forma del reportaje periodístico y para ello he aprovechado la celebración de un tradicional asado criollo para entrevistar a los miembros de una clásica familia del suburbio porteño: mi familia.

En esta tarea me ha prestado un incalculable apoyo mi hermano menor, Renzo, quien se ha encargado de las fotografías mientras yo grababa las entrevistas (porque mi hermano mayor, Mauro, es demasiado «importante» para ocuparse de estas cosas «infantiles» y ya tiene «demasiado» con los «complicadísimos» «estudios» de la «Facultad de Ciencias Económicas» que «acaba» de empezar «este» año).

FICHA TÉCNICA

Este trabajo se ha realizado utilizando un moderno grabador NATIONAL PANASONIC a *cassette* (regalo de mis padres en mi cumpleaños) y mi hermano ha hecho las fotos con una cámara KODAK INSTAMATIC POCKET (regalo de mis tíos para su campamento del verano pasado) que revelamos en formato 9x9 con recuadro blanco en la tienda de fotografía HOLBEIN de nuestro barrio, a la que agradecemos su ayuda técnica.

El texto lo he pasado a máquina en una Remington de mi abuelo (pido disculpas porque la letra «e» sale desalineada).

En la siguiente fotografía salimos mi hermano Renzo y yo con los materiales de trabajo.

(FOTO: dos chicos en la primera adolescencia sonríen frente a la cámara. La chica es un poco más alta, de unos quince años y lleva unos 'jeans' azules, un suéter amarillo y, colgado de su hombro, un grabador de 'cassettes' del que sale el cable de un pequeño micrófono negro cilíndrico que ella sostiene ante sus labios. El chico tiene uno o dos años menos. Viste también 'jeans' y una campera de lana verde. Simula con sus manos como si sostuviera una pequeña cámara de fotos y el dedo índice de su mano derecha se curva, disparando la cámara invisible, a la vez que guiña un ojo).

MÉTODO

Para hacer el reportaje más ordenado y concreto, se ha interrogado a todos los entrevistados con las mismas preguntas que se señalan a continuación:

1- ¿Qué le ha parecido a Ud. el Mundial 78 que acaba de ganar nuestra Selección Nacional?

2- ¿Cuál cree que es la trascendencia internacional que este evento puede suponer para nuestra querida Patria?

3- ¿Querría señalar alguna cosa más? (brevemente, por favor).

ENTREVISTAS

He decidido transcribir textualmente las respuestas para que no me acusen de censura, que es un tema que dicen que se discute mucho ahora en algunas revistas y diarios. Además, en clase hemos hablado de la libertad de expresión y entonces me he limitado a ordenarlas para que los lectores saquen sus propias conclusiones.

Entrevistado nº 1: MI PADRE

Agente Comercial de una importante empresa fabricante de Pinturas y Disolventes.

(FOTO: se ve a un hombre de unos cuarenta y dos o cuarenta y tres años, en camiseta, el pecho sudado y con una toalla arrugada y húmeda colgada de un hombro. En una mano porta un enorme tenedor de trinchar y en la otra sostiene una estupenda ristra de salchichas parrilleras. Sonríe a la cámara. Al fondo se ve una gran parrilla cargada de carne y achuras humeantes y jugosas junto a la cual se agrupan otros hombres que beben de sus vasos).

1- Y… ¿qué te voy a decir? ¡Estuvo fenómeno! Yo no sigo mucho el fútbol. Solo escucho por la radio algún partido de Independiente, pero con el Mundial disfruté mucho con todos los partidos. El día de la Final me quedé afónico de tanto gritar y confieso que hasta alguna lagrimita se me escapó. A todos nos gusta ganar y estuvo todo muy bien organizado. Lástima que la transmisión en colores por la tele solo fuera para el extranjero…

2- Y… no sé… Yo creo que ahora nos van a mirar de otra manera. Van a ver que somos un país fuerte y unido y que si nos ponemos en serio podemos hacer cosas buenas todos juntos. ¡Pero primero nos tenemos que poner todos de acuerdo! Y eso… no sé…

3- No, porque ahora me tengo que ocupar del asado.

Entrevistados nº 2 y 3: Tías CHIQUI y NENA KRAEMER

Hermanas. Una es funcionaria del Estado y la otra atiende sus asuntos personales.

(FOTO: dos mujeres que rondan los sesenta años, de porte distinguido, maquillaje denso, labios coral intenso y peluquería antisísmica, miran a la cámara de manera altiva pero con una sonrisa cómplice. Sus hombros y sus cuerpos se tocan por un flanco y los idénticos abrigos de astracán parecen ser uno solo perteneciente a un gigante con dos cabezas. El brazo del gigante que asoma por la derecha acaba en un cigarrillo 'extra-large' con filtro al igual que el que sostiene su brazo simétrico, pero el del izquierdo está a más altura para no tardar tanto en llegar a una de sus dos bocas entre pitada y pitada. A ambos lados del pecho, el gigante de dos cabezas luce sendos lazos blancos y celestes. Están en un jardín, junto a una mesa con una botella de vermouth y platos con queso, salame y aceitunas).

1- Srta. CHIQUI: Yo creo que ha sido un evento ejemplar. Yo tenía mucho miedo porque el fútbol es un poco... bueno, no sé... chabacano, ¿viste? Pero en cambio me ha parecido muy bien la organización, muy elegante, muy... adecuada. ¿No es cierto, Nena?

Srta. NENA: ¡Sí! ¡Sí! ¡Muy elegante!

2- Srta. CHIQUI: Y... una cosa tan *chic*, tan *comme il faut* solo puede darnos buena imagen. Yo me acuerdo que Abuelito siempre contaba que, cuando él era joven, la Argentina era el país más rico y elegante del mundo. ¡Y que en París se morían por los argentinos! ¡Y bue... eran otros tiempos! ¡Ojalá este querido país pueda volver a ser lo que fue! ¿No es cierto, Nena?

Srta. NENA: ¡Sí! ¡Ojalá!

3- Srta. CHIQUI: Sí (se ríe pícaramente), quiero agregar (vuelve a reír)... ¡que Kempes es el más lindo de la selección! ¡Qué pintón! ¿No es cierto, Nena?

Srta. NENA: ¡Sí! ¡El más lindo! (ella también se ríe).

Entrevistado nº 4: Tía abuela CORDELIA KRAEMER

Jubilada.

(FOTO: una señora de cerca de ochenta años, el pelo blanco, plateado. Viste sobriamente un traje sastre de lana azul con una escarapela redonda de cintas celestes y blancas recogidas por un botón celeste en el centro. Mira serenamente a la cámara).

1- Nunca fui amante del fútbol, pero me ha gustado ver a la gente tan alegre, tan contenta, tan llena de vida. Los últimos años han sido tan duros y tristes en este país que me ha reconfortado ver otra vez gente contenta en la calle. ¡Hasta mis sobrinas mayores, la Chiqui y la Nena, parece que se han vuelto locas de contentas! ¿No?

2- Yo creo que va a ser muy bueno para el país, siempre y cuando no sean verdad todas esas cosas que están diciendo de los derechos de los humanos y todo eso. Entonces sería muy triste y no habría Mundial que lo arreglara.

3- Quiero agregar que me dan mucha pena esas mujeres con pañuelo blanco que se juntan todas las semanas en la Plaza de Mayo y que ahora, para el Mundial, han visitado a los delegados extranjeros y todo eso. No sé si es verdad lo que dicen, pero me asusta pensar que en este país pueda pasar algo así. Me entristece mucho.

Entrevistado nº 5: Tío TOÑO

Capitán del Ejército Argentino.

(FOTO: un hombre de unos cincuenta años, con blazer azul cruzado con botones dorados, una camisa verde claro y un pañuelo de seda al cuello también azul con florones verdes y amarillos, luce una gran bandera argentina metálica esmaltada en la solapa. Mira, con los ojos entrecerrados y el ceño fruncido, por encima de la cámara. Saluda militarmente con la mano derecha en su sien mientras con la izquierda enarbola un palillo pinchado en un trozo de queso a medio comer y algunas migas de pan se adivinan entre los pelos de su poblado bigotazo).

1- El Mundial 78 ha sido la estrategia política y deportiva más importante de nuestro gobierno y le ha demostrado al mundo de qué pasta estamos hechos los argentinos: pueblo bravo, fuerte, que sabe cómo y cuándo jugársela.

2- El mundo sabe ahora con quién se enfrenta cuando se enfrenta con Argentina y se va a tener que guardar toda esa basura subversiva que calumnia a nuestro país.

3- ¡Claro que quiero agregar algo! Quiero agregar que toda esa gentuza que está diciendo que el partido contra Perú, que ganamos seis a cero, estuvo «arreglado» o, todavía peor, que está inventando esas historias de torturas y desaparecidos y no sé cuánta basura más, son antipatrias y cómplices de los subversivos y solo quieren arruinar el nuevo rumbo que ha tomado este país. Y también quiero decir que me sorprende que la tía Cordelia, que es una señora mayor y responsable, se entretenga en ocuparse de esas porquerías. Esas mujeres de los pañuelos son unas locas que no quieren reconocer que sus hijos guerrilleros están escondidos en Europa viviendo como príncipes y ya se olvidaron de ellas y de este país al que nunca quisieron. Y que yo creo lo que dice mi gobierno: «Los argentinos somos derechos y humanos».

Entrevistado nº 6: Primo LUIS

Estudiante de Medicina en la Universidad de Buenos Aires.

(FOTO: un joven de veinte años parece discutir con alguien fuera del cuadro, detrás de él. La foto está un poco desenfocada porque el entrevistado no está posando, se mueve. Se ve que habla despreciando al de atrás y levanta una mano como mandando a paseo a su interlocutor. Lleva una camisa a cuadros rojos y blancos abierta hasta el pecho y debajo una camiseta blanca de cuello redondo. Parte de su hombro y brazo izquierdo se salen del cuadro. Por el otro lateral de la fotografía asoma un brazo enfundado en un blazer con botones dorados en la manga que va a agarrar el hombro del entrevistado. El brazo también está movido y desenfocado).

1- A mí me gusta mucho el fútbol y lo juego desde chico. Soy de River. De este Mundial me vi todos los partidos, pero me costaba disfrutarlo porque por un lado tenía la euforia y el entusiasmo de ver a mi equipo ganar pero por el otro... todo lo que está sucediendo...

2- Me da mucha vergüenza pensar que en el exterior están viendo a un pueblo que se alegra y festeja como tarados mientras pasa lo que pasa. Seguro que piensan que este Mundial fue como la zanahoria del burro, como el pan y circo de los romanos. Y que los argentinos nos dejamos engatusar como chiquilines.

3- ¿Por qué pensar que esas mujeres de la Plaza están locas? Y si estuvieran locas, ¿por qué preocupa tanto lo que dicen? ¿Qué es lo que no queremos ver? ¿Por qué preferimos adoptar la excusa de su locura a asumir nuestra ignorancia? O, lo que es peor, ¿no será que preferimos que su locura nos exima de nuestra responsabilidad?

Entrevistado nº 7: MI MADRE

Ama de casa pero también tiene un taller de costura con dos máquinas de coser en el *garage.*

(FOTO: una mujer de alrededor de cuarenta años mira a la cámara con rostro impaciente. Lleva un delantal de cocina encima de un suéter negro. En el pecho tiene prendidas dos pequeñas cintas: una blanca y otra celeste. Sobre la mano derecha apoya una bandeja llena de platos de papas fritas, aceitunas, queso y cuyo borde sostiene con la izquierda).

1- No me interesa el fútbol. Me aturde, no me gusta. Y todo este tiempo la gente parecía otra, distinta, aturdida también.

2- ¡Yo qué sé! Siempre estamos mirando al exterior, al extranjero. ¡Que piensen lo que quieran en Europa! A mí me interesa lo que pase acá, lo que pensemos acá.

3- Quiero agregar que yo no creo que sea verdad lo de esas mujeres del pañuelo blanco. No puede ser verdad. Porque yo soy madre y si fuera verdad... Si a mí me pasara eso no me pondría un pañuelo en la cabeza para dar vueltas a un monumento. No creo que yo pudiera tener tanta nobleza de espíritu, tanta equidad, tanta paciencia para esperar justicia de donde sé que no vendrá. Si me quitaran a mis hijos... a cualquiera de ellos... yo buscaría la forma de encontrar una pistola, una metralleta, una bomba, ¡cualquier cosa!, y me plantaría en la puerta de la casa de esos a los que están acusando y los mataría sin esperar a que se defendieran. Eso haría yo si me tocan un hijo. Así que... yo creo que no puede ser cierto. No puedo creer que sea cierto... ¡Por Dios, que no sea cierto! ¡Y basta de entrevistas que ya está la comida y estás haciendo discutir a toda la familia! ¡Mirá el lío que armaste!

Entrevistado nº 1: MI PADRE (otra vez)

El entrevistado nº 1 me vuelve a pedir la palabra.

3- Antes, al final, no agregué nada pero ahora que tengo el asado controlado y que escuché a todos los otros, quisiera decir algo más. Quiero decir que yo opino lo mismo que tu mamá. Y que si los tocaran a ustedes, a mis hijos, yo...

(FOTO FINAL: un hombre abraza a una mujer, ambos rondan los cuarenta años. El hombre la besa en la boca y ella responde al beso a la vez que intenta apartar y equilibrar la bandeja que lleva en sus manos. Él la tiene agarrada por la cintura con un brazo y el otro cuelga con un gran tenedor de trinchar carne. Detrás de ellos se pueden ver a algunas personas de distintas edades que sonríen y los rodean y los están aplaudiendo).

NOTA PARA CARLA DE LA PROFESORA GUTIÉRREZ

Querida Carla:

Sabés muy bien que yo pienso que sos una alumna muy inteligente y responsable y por eso me permito darte esta nota en mano y te ruego que no la compartas con nadie. Creo que tu trabajo ha sido, de lejos, el mejor que se ha presentado en todo el colegio. Lamentablemente, como conozco a las autoridades y el resultado que buscan con este ejercicio, no puedo calificarte como te merecés porque nos traería muchos problemas a vos y a mí.

Tenés que multiplicar por cien ese triste 5 con el que te he calificado y te invito a compartir conmigo este secreto: cuando nos veamos en clase, solo vos y yo sabremos que tu trabajo ha sido el mejor y el más inteligente. Con el tiempo sabrás comprenderme y, tal vez, perdonarme por no tener el coraje de enfrentarme a todo y a todos y defender tu esfuerzo y tu inteligencia.

Gracias.

Sra. de Gutiérrez

Seis

—Hola, amor.

—¡Hola, porteño! Ya me estaba preocupando. Hace dos días que no llamas, ni escribes, ni entras en el *Messenger*.

—Sí, perdona. Es que no hay mucho que contar y…

—¿Todo igual?

—Sí. Todo mal.

—¡Venga, Renzo! Todavía puede cambiar.

—¿Tú crees?

—¿Tú no?

—…

—¿Qué tal tu madre?

—Demasiado acostumbrada. No sé. No piensa, creo. Te manda besos.

—Dale besos de mi parte, también. Dile que mañana o pasado la llamo.

—Dale, le digo.

—¿Qué piensas hacer?

—Nada. Acá no se puede hacer nada.

—Por eso, ¿qué piensas hacer, guapo?

—No sé.

—Renzo…

—Ya sé, ya sé que es una decisión mía, Jaime, pero… aún no lo tengo claro.

—...

—Sé que no puedo quedarme aquí para siempre, que allí tengo todo como congelado, esperando. Que te tengo a ti colgado pero... no es fácil irse. Es mi familia y...

—Yo también soy tu familia.

—Ya lo sé, ya lo sé, pero... ¡Es el Viejo, Jaime, el Viejo! ¡¿Me entendés?!

—Me gusta que me hables en argentino. Me pone a mil.

—No seas tonto. —Me río—. De verdad, estoy desesperado.

—Te extraño, amor, pero la decisión es tuya. Yo voy a aceptar lo que decidas.

—Cuéntame de Madrid.

—¡Bah, un rollo! No te pierdes nada.

—No me mientas. Seguro que Madrid está de fiesta, como siempre.

—¿Con este frío? *¿Estáis loco vos?*

—No te hagas el argentino que no te sale. Seguí hablándome en gallego.

—¡Gallego, los cojones! ¡Navarro, coño!

—Ja, ja, ja. Te quiero, Jaime. Y no aguanto más esta rutina de enfermedad y dolor. No aguanto más estar lejos de ti.

—De vos. Dime «lejos de vos».

—Vaaaale... Anoche soñé con vos. Me desperté agotado de follar. Cuando vuelva te voy a hacer todas las cosas que te hacía en el sueño. Te vas a revolcar de gusto.

—No me digas esto que cojo el próximo avión y...

—¡Eso, eso! ¡Coger y coger, no parar de coger!

—¿Vamos a empezar con el sexo telefónico ahora, después de tantos años? Con lo salido que estoy va a ser una charla muy corta.

—Perdóname. No sé lo que digo.

—¡No, hombre, no! ¡No pares! ¡Está bien!

—El Viejo se muere y yo me caliento por teléfono.

—¡La vida sigue, Renzo! ¡Tu vida sigue! ¡No te hagas esto!

—Mañana o pasado te llamo. Perdóname.

—¡Renzo!

—Besos. Te quiero.

—Ren...

1982

«Nada hay que nada prohíba
ya te veo andar en libertad
que no se rasgue como seda
el clima de tu corazón»

Himno de mi corazón, Miguel Abuelo

Recorrían el jardín charlando y atendiendo a la familia. El Viejo reponía vino en las copas y mi madre ofrecía sus empanadas recién fritas en una bandeja. El otoño no pasaba el relevo. Hacía un día espléndido y el sol de mediodía nos perdonaba del invierno permitiendo que las empanadas se tomaran de pie al aire libre.

—¿Otro vinito, Toño?

—¡Las islas son nuestras!

—No estamos discutiendo eso, tío Toño. Te pregunto tu opinión como profesional. Vos sos el único milico de la familia y…

—¡Che, che, que mi hermano era capitán!

—Sí, Chiqui, pero tu hermano ya no está.

—Pobrecito… ¿Me das una empanada, Telma?

—Claro, prima. ¿Querés mojarla en azúcar como hacía Abuelito?

—Mmmm. ¡Sí!

—En esa mesa está el azúcar. Servite. ¿Y vos, Nena, no querés?

La Chiqui y la Nena eran las mayores de las primas de mi madre, hijas del mayor de los hermanos de mi abuela, por lo que se acercaban más a la edad de sus tías que a la de sus primas. Su hermano era militar de carrera y eso las hizo entrar en el círculo rancio y pretencioso de la burguesía militar argentina. Cenas y bailes y fiestas selectas donde, en teoría, encontrarían un novio, también militar, con el cual casarse y cristalizarse en ese medio. Pero las fiestas pasaron, los años pasaron, los novios pasaron y las dos acabaron solteras, viviendo juntas en un pequeño pero lujoso departamento del barrio de Palermo. Muy delgadas, muy maquilladas, sus abrigos negros de astracán olían a naftalina y a sus finísimos cigarrillos de tabaco rubio mentolado que fumaban casi permanentemente. Ellas estaban al tanto de todo lo que había que saber de las personas y personajes de las familias «bien», de la gente «como uno», y no perdían ocasión de señalar con tierna picardía que «ser soltera no supone ser solterona...».

—Nunca voy a entender lo del azúcar en las empanadas. ¿A quién le falta vino?

—¡Las islas son nuestras!

—¿Una empanada, Toño?

—Sí, Toño, ya lo dijiste. Pero resulta que hace tres semanas que de nuevo no lo son. Las recuperamos durante quince minutos en una operación suicida que costó muchos muertos argentinos.

—¡Cómo quince minutos! ¡Setenta y cuatro gloriosos días!

—¿Operación suicida? ¡Operación asesina! Seguro que cuando llegaron los ingleses, los generales argentinos se resguardaron a más de mil kilómetros para el resto de la guerra y dejaron a la tropa en banda.

—¡No hablen de política, che! ¡Dejá en paz a tu tío y andá a buscar más empanadas a la cocina!

—¡Eso, Carla tiene razón! ¡Asesina! ¿Pero vos qué opinás, Toño? ¡Sos milico, tenés que saber más cosas que nosotros!

Mi hermana y yo discutíamos todos los años con el tío Toño, oficial de rango medio y marido de la tía Rosa, otra prima de mi madre. Había sido agregado militar en algún consulado americano, pero pasado el tiempo llegamos a sospechar que podía haberse tratado de la siniestra Escuela de las Américas, ese campo de instrucción y tapadera de la formación de militares corruptos y asesinos, valga la doble redundancia, que los yanquis mantuvieron durante décadas en Panamá para formar a los futuros represores del Patio Trasero. Tío Toño aprovechaba los asados en casa para intentar sonsacarle a mi hermana datos de su trabajo y de sus grupos de teatro, y a mi hermano y a mí nos interrogaba sobre la universidad. Pero mucho antes ya nos preguntaba sobre la disciplina en nuestro colegio, o sobre qué opinaban nuestros profesores sobre determinados asuntos. Llevaba en la sangre la inquisición y el recabar datos como forma de relacionarse, pero lo cierto es que, con los años, mis hermanos y yo fuimos adquiriendo la conciencia de con quién se podía hablar y de qué, y disfrutábamos confundiéndolo, dándole respuestas contradictorias y poniéndolo en apuros.

—¡Los ingleses jugaron sucio! ¡No tiene sentido lo que hicieron!

—¿Jugaron? ¿Dijiste jugaron? ¿Así entienden la guerra ustedes, los militares argentinos? ¿Como un juego?

—¡Vayan pasando a la mesa que en diez minutitos empezamos con las morcillas y los chorizos!

—¡Mandar a semejante flota para recuperar unas islas que tenían olvidadas y desprotegidas no tenía sentido, Renzo! ¡No era lógico cómo reaccionaron! Fue desmesurado.

—¿Y eso no se le ocurrió a ninguno de tus colegas, a ninguno de los borrachos que nos gobiernan? ¿Qué pensaron esos estrategas? ¿Que los ingleses se iban a quedar mirando cómo les tocábamos el culo?

—¡Claro que se les ocurrió, Renzo! ¡Pero les importó un carajo! Lo importante era desviar la atención de la quiebra, la subasta y la miseria a la que llevaron a este país. ¿No, Toño?

—¡A la mesa! ¡A la mesa!

—¡Qué ricas están! ¿No es cierto, Nena?

—Sí, Chiqui. ¡Buenísimas! ¿Qué les pusiste, Telma?

—Gracias, chicas. No les puse nada nuevo, lo de siempre. Y como las frío en grasa...

—¡Íbamos a ganar seguro, sobrina! ¡Íbamos a ganar!

—No era otro partido de fútbol, tío. Murió mucha gente.

—Así son las guerras, chicos, se muere y se mata. Es parte del orgulloso deber de servir a la patria.

—¿Y vos en qué guerra estuviste para saber cómo son?

—Bueno, todo militar sabe...

—Tío, yo tengo dieciocho años. No estoy reclutado porque me salvé en el sorteo. ¿Te das cuenta de que ahora podría estar muerto o, en el mejor de los casos, preso en un barco inglés en medio del Atlántico?

—¡Ni se te ocurra decir eso! ¡Me oís! ¡Que ni se te ocurra! ¡No quiero ni pensarlo! Mirá Toño, si mi hijo llega a ir a la guerra te metía todas estas empanadas por el culo, una por una. ¡Y mirá que queman, eh! ¿Querés probar otra?

—Vos no habrías ido a las islas, Renzo. Habríamos hecho algo. Yo habría movido mis influencias y no habrías ido.

—¡Ah, no, Toño! ¿Y por qué ibas a privar a mi hermano del teórico orgullo de servir a la patria? ¿A quiénes les reservaron ese «privilegio»?

—¡A los que no tenían a nadie que los recomendara y que los salvara de una muerte absurda! ¿No, tío? ¡A esos mandaron!

—Mirá, sobrino...

—¡En el hundimiento del ARA General Belgrano murieron más de trescientos chicos, tío! ¡Más de trescientos chicos!

—Y... ¡es la guerra! ¿Sabían que el ARA General Belgrano antes se llamaba USS Phoenix y que se salvó del ataque de los japoneses a Pearl Harbour en el cuarenta y uno? Se lo compramos a los americanos y...

—¡Armamento moderno y de última generación compra el Ejército Argentino!

—¡Vos no entendés nada, sobrina!

—¿Sabés lo que yo entiendo? Mirá, tío. ¿Ves ese gomero que asoma detrás de la tapia medianera?

—Un *Ficus elastica*. Originario del norte de la India. ¡Soy muy aficionado a las plantas! Cuando estaba de maniobras en la selva paraguaya...

—Ese gomero da sombra al patio de la casilla de madera donde viven nuestros vecinos. Son del Chaco, ¿sabés? Vinieron a Buenos Aires hace años, huyendo de la miseria de allá y consiguieron cambiar la miseria por pobreza. Una vida de mierda.

—¿Y a mí qué me contás? Seguro que los trajo Perón sacándolos de sus cuevas como a tantos de los de su clase.

—¡Andá a cagar, Toño! Mejor me voy a sentar a la mesa.

—Y sí, a lo mejor los trajo Perón. Su nieto, Jorge, jugaba a las escondidas con nosotros y con todos los demás pibes del barrio cuando venía a visitarlos. Iba en el ARA General Belgrano. Ahora está muerto.

—...

—¿Mereció la pena? ¿Me acompañás a tocarles el timbre y hablarles del orgullo de servir a la patria en tu guerra de mierda? ¡Vamos, vení conmigo!

—...

—¿Otro vinito, Toño?

Siete

—¿Y tus hermanos?

—¿Qué pasa con mis hermanos?

—No hablás mucho de ellos.

—Llevo doce años en Madrid. La Distancia no perdona. Aunque, bueno, antes de irme ya hacía tiempo que no teníamos cosas en común.

—...

—Con Carla, no. Con Carla pueden pasar mil años sin vernos, que al segundo ya estamos como si no hubiera habido interrupción, como si el tiempo se hubiera detenido esperando nuestro reencuentro.

—¿Y Mauro?

—Es un buen tipo.

—¿Pero?

—Pero...

Le cuento que Mauro no parece de la familia. Mis viejos intentaron educarnos con tanta libertad, prepararnos tanto para ser independientes y que no necesitáramos de nadie que se pasaron de modernos y los tres hermanos reaccionamos a esas pautas como pudimos, de maneras muy distintas. Y Mauro aprendió la lección a la perfección. No solo es autosuficiente sino que prescinde de todo el mundo. A partir de sus catorce o quince años dejamos de saber de él. Pasó a ser un enigma que convivía con nosotros. Un fantasma. Mantiene el vínculo con la familia porque es lo correcto. Es lo que se espera de él. Todo en él es correcto. Infernalmente correcto y perfecto. Y desde esa perfección ni siquiera juzga a los que no lo somos. Juzgar no es lo correcto. Simplemente nos tolera. Es desquiciante.

—¿Tan jodido es?

—¡No! ¡Ni siquiera es jodido! Eso no sería perfecto. ¡Y él es perfecto! Tiene un trabajo perfecto, una casa perfecta, una mujer perfecta, unos hijos perfectos... ¡Ufff! ¿Vos tenés hijos, Alma?

—No. Bueno...

—...

—Tuve una hija, pero...

—Lo siento. Perdoname.

—No importa. Fue hace mucho.

—...

—¿Y Carla cómo es?

—Carla es el otro extremo. Vive para los demás porque no puede vivir sin los demás. Siempre le decimos que esas tetas inmensas son el empuje de su corazón que no le cabe en el pecho.

—Ella no es perfecta.

Miro a Alma un instante y respondo que no, que por fortuna, Carla no es perfecta. Ella eligió el camino opuesto al de Mauro. No compró el dogma de la autosuficiencia y se instaló en la codependencia con el resto del mundo. Si tiene que ir a comprar el pan a la esquina, llama antes a sus catorce mejores amigos para que opinen si debe ir o no, qué pan tiene que comprar y cómo comerlo.

—Qué exagerado que sos.

—Y a la vez pasa gran parte de su tiempo al teléfono escuchando y aconsejando a toda la gente que quiere y respeta. Es una especie de Mamá Ganso que acoge bajo su ala a todo el que lo necesite. Pero a su vez reclama, ¡exige!, que no la dejen, que la necesiten siempre.

—Me parece que me gusta Carla.

—No puede no gustarte. Es la mejor de todos.

—¿Y vos?

—¿Yo? Yo qué sé. Yo estoy en Madrid.

—Ahora no.

—No, ahora no...

1980

«Porque un recuerdo se prefigura, se construye con cuidado,
se trabaja como un tapiz minucioso
hecho de un material muy liviano y transitorio»

Crónica de un iniciado, Abelardo Castillo

Con la solemnidad del verdugo que porta en bandeja de plata la cabeza del profeta para ofrecérsela a una caprichosa Salomé, el Viejo entraba por el portón del *garage* llevando a la altura de su pecho una gran bandeja colmada y humeante, consciente de que ese era, una vez más, el momento de su lucimiento total. La larga mesa se ahogaba en un salivoso silencio que duraba solo un par de segundos para inmediatamente estallar en «ayes» y «oes» de pecaminosa gula. Por fin hacía su entrada triunfal la esperada monarca del evento, síntesis de la tradición patria y señora de la gastronomía rioplatense. Su excelencia: la Carne.

No importaba que antes se le hubieran adelantado, sugerentes y alcahuetes, los olores a grasa quemada, a carne torrada, a los jugos animales que presagiaban la ofrenda. La ceremonia no perdía por esto espectacularidad. Los culos se removían en las sillas, las espaldas se enderezaban. Se anudaban con premura las servilletas en la nuca y se elevaban los cubiertos con impaciente anticipación. Los panes se partían para mojarlos cuanto antes en los platos aún por llegar. Era la cumbre de la liturgia que nos había reunido, la eucaristía pagana que mejoraba el supersticioso sacramento reconvirtiendo la carne en cuerpo. Tomad y comed todos de ella.

Entonces el Viejo empezaba su ronda sacerdotal repartiendo a cada fiel pecador esa comunión carnívora y mintiendo en cada oído su conocido rezo: «Este pedazo lo separé especialmente para vos». Y «amén» era la muda respuesta que parecía exclamar cada par de ojos ahora fijos en su asignado trozo que, como un milagro, levitaba hasta posarse en la mesa frente a ellos dispuesto al sacrificio ritual.

Durante los siguientes cinco minutos la comunicación se bloqueaba en parte por el mutismo que amerita una ingesta concienzuda y en parte por la imposibilidad de entender lo que mascullaban las bocas llenas entre «ñams» y «hums».

El Viejo escuchaba los halagos con simulada humildad:

—¡Cada año lo hacés mejor!

—¡Esta carne está más tierna que nunca!

—¡Impagable, Viejo! ¡Sos único!

—¡Insuperable! ¿Cómo lo hacés?

—Mi marido me hace todo igual de bien.

—¡Epa! ¡Tigre!

—¡Maestro!

De a poco el milagro se iba haciendo terreno, humano, y entre ruido de cubiertos y rechinar de cuchillos sobre platos, el desbordante bullicio recuperaba el espacio y las voces se solapaban formulando preguntas no siempre respondidas y respondiendo a preguntas no siempre formuladas.

—Te veo muy bien, Bety. ¿Ya estás mejor de lo tuyo?

—¿Más vino, tío Pedro?

—Y… regular, ¿viste?

—Pasame la ensalada de papas, Renzo.

—Porque tiene los faros más grandes y el *capot* muy largo.

—¡Claro! ¡Como mi cuñada!

—...y no sabés cómo se puso cuando le dije lo de...

—¡Eso digo yo!

—¡No! ¡La de papas!

—¡Qué linda estás, tía!

—...es que es un boludo....

—¡Tía Cordelia!

—¡LA-DE-PA-PAS!

—¿Qué?

—¡Que qué linda que estás! ¡Cuánto brillo! ¿No?

—No importa, dejá. Como de la de tomate.

—Es que fui a la peluquería y además me puse el collar de mamá.

—Estás muy linda.

Mis tías abuelas habían heredado las joyas de su madre, el único patrimonio familiar. Era una colección de cinco o seis piezas que Don Kraemer le había ido regalando a la *oma* Grettel para celebrar cada lustro de casados y que, a su muerte, se dividió entre sus hijas. Mi madre, en su momento, había vuelto a heredar de mi abuela Carlota la pieza que le había tocado en el reparto: un reloj de oro que colgaba de una cadena, también de oro, y que tenía una tapa que, al abrirse, dejaba ver de un lado la hora y del otro una vieja foto con la cara del joven Don Kraemer adivinado detrás del voluminoso mostacho.

—Yo nunca uso la pulsera de mamá. ¡Es muy pesada! —dijo Minerva.

—¿Y vos, Renata? ¿Usás los aros?

—¡Nooo! ¡Me da miedo! ¿Y si me los roban?

—Es cierto.

—Bueno, pero en alguna ocasión especial... No sé, un casamiento o algo —sugirió Minerva.

—¡Eso! ¿Cuándo te casás, Mauro? Así las tías se ponen las joyas.

—Mañana, Chiqui. ¿Y vos?

—¡Ay, no! ¡A mí ya se me pasó el arroz! Ja, ja, ja.

—Telma, ¿vos usás el reloj de abuelita?

—...

—¡Telma!

Mi madre miró al Viejo levantando apenas la cara del plato y él la miró y luego bajó la suya. Entonces dijo:

—No, lo vendí.

Y al instante se fueron acallando todas las conversaciones y se hizo presente el tumulto de la mesa de los chicos. Sobre el incómodo silencio, el Viejo se hizo escuchar.

—¡Sí! ¿Qué pasa? Lo vendimos.

—¿Cómo? ¡Qué pena! No sabía...

—Hace como cuatro o cinco años, ¿no? —dijo mirando a mi madre, que le respondió sin levantar los ojos del plato.

—Seis. —Y ya no volvió a decir nada más.

—Eso, seis años.

—¿Y no te dio pena, Telma? No sé... ¡Era de la *oma*!

—Mirá, Renata —respondió el Viejo—, fue en un momento muy difícil. Necesitábamos la plata y...

—Sí, bueno, pero...

—¿Vos nos hubieras prestado todo ese dinero?

—¡No, no! ¡Yo no puedo! No...

—¿Entonces? ¡Claro que nos dio pena! Pero no tuvimos alternativa.

—Sí, entiendo...

—Claro, claro...

Y la noticia detuvo el tiempo. Nadie esperaba que alguien se atreviera alguna vez a sacar de la familia parte de la herencia de Grettel. Y casi podía adivinarse la memoria de tía Cordelia, mirando de chica a su madre engalanarse para uno de los asados familiares. Y hubieran podido escucharse los recuerdos de tía Minerva envidiando en silencio el reloj que le había tocado a su hermana Carlota en la herencia y buscándole virtudes a las pulseras que le tocaron en suerte. Y parecía que Renata veía en los ojos de su sobrina el brillo de la piedra de su anillo heredado. Y una se llevó la mano hasta la pulsera que no portaba. Y la otra recorrió con el pulgar la cara interior de su dedo anular como buscando el anillo que guardaba al fondo de un cajón en su casa. Y Cordelia puso su mano sobre el collar que llevaba y lo repasó, eslabón por eslabón, hasta llegar a la piedra que colgaba al final, engarzada en una orla de oro y a la que se aferró como si se cayera. Mis hermanos y yo nos mirábamos intentando saber si alguno de nosotros ya sabía de esto. Y de fondo se escuchaba el rumiar automático de algunos invitados que masticaban sus opiniones intentando tragárselas junto con un pedazo de carne ahora amarga. Fue la tía abuela Cordelia la que partió el silencio y consiguió descongelar el tiempo detenido.

—¿Sabés una cosa, Telma? ¡Hiciste bien, che! Yo cualquier día vendo este collar, que me pesa como un ladrillo, y me hago un viaje al Caribe o algo así.

—Es cierto. En vez de tener las pulseras en un cajón a lo mejor yo… —se sumó la tía abuela Minerva.

—¡Claro! ¡Las cosas están para usarlas! ¡Guardadas no valen nada!

Poco a poco la aprobación fue ganando campo. El Viejo se levantó y se fue a la parrilla con la excusa de buscar más carne. Mi madre lo siguió con la mirada y cuando le vio salir apretó la muñeca de su tía Cordelia, sentada a su lado, y esta le respondió guiñándole un ojo. El ritmo se fue recuperando.

Cuando el Viejo, muy serio, volvió a entrar por la puerta cargando otra ración de asado alguien decidió retomar el rito y continuó la tradición poniéndose de pie y gritando:

—¡Un aplauso para el asador!

Ocho

En Madrid no hay otoño. El verano pelea hasta última hora para no dar paso al invierno y en el camino queda, como víctima de esa lucha, un otoño testimonial, apenas burocrático, que permanece lo justo para que las hojas no caigan aún verdes con los vientos de diciembre. Dura quince minutos; tres días. Tal vez una semana... ¿Dos? Hay que reaccionar con urgencia y correr a la Casa de Campo para no perderse las postales que desaparecerán en un suspiro. Pero en Buenos Aires el otoño es desbordante y yo extraño ese otoño. O lo idealizo y pongo en ese ideal todo lo que ya no tengo, concentro en el otoño todo aquello que dejé atrás cuando me embarqué en mi aventura española. He vuelto cada año desde mi partida y cada año he tenido la sensación de pertenencia intacta, como si no hubiera pasado el tiempo entre una visita y otra. Me quedo una semana o diez días, veo a mis amigos de siempre, a mi familia de siempre, mis lugares de siempre y después vuelvo a mi vida en Madrid. Pero este sofocante diciembre se arrastra pegajoso, sin descanso, y me encuentro perdido en este escenario ahora extraño, en esta ciudad que fue mía pero que ya no me ampara. *¡Si por lo menos fuera otoño!* Pero no. Tantos años lejos me han hecho perder la costumbre y, mal que me pese, ya soy un bicho aclimatado a un medio ajeno. No es mío este Buenos Aires infernal y eterno, cociéndose en su vapor aceitoso. Si por lo menos fuera otoño…

Salgo del hospital derrumbado. Mis esperanzas están más que agotadas pero me esfuerzo por convencerme de que el Viejo se pondrá mejor. Mauro se llevó a mi madre para que viera a sus nietos y decidí caminar un rato, pasear sin rumbo, hacer como si el verano me indultara y aflojara su puño en mi garganta permitiéndome respirar apenas unas horas. *No puedo seguir aquí por más tiempo. No puedo mantener mi vida entre paréntesis mientras no se decida el futuro del Viejo. Tengo que volver a Madrid.* Dejo atrás el hospital y camino hasta el Paseo Colón. Evito entrar en el Parque Lezama (demasiado literario para una tarde de angustia). Giro por la Avenida Brasil y un rato más tarde estoy en los jardines de la Costanera Sur. *Cuando era chico estaba prohibido acceder a este lugar maravilloso.* Entonces era zona portuaria y por lo tanto militar, y no se nos permitía disfrutar de estos parques con los que Buenos Aires llega sutilmente al río. Paseos, fuentes, monumentos, todo estuvo vedado a su verdadero dueño durante décadas. *¡También nos robaron el paisaje! ¡Hijos de puta!* Me siento en la balaustrada del paseo, mirando a la antigua dársena y al verde salvaje de la Reserva Ecológica. *Mi vida ya no está aquí. Aquí está mi historia, mis afectos, pero yo estoy en Madrid.*

Esta tarde Carla y yo acorralamos a los médicos. No nos merecemos esta lenta sangría. Les exigimos diagnósticos, les drenamos concreciones, les extirpamos plazos. Después de esa cirugía estéril los médicos se nos iban sin muchas respuestas. *Un día más, dos semanas más, tres meses más...* Pero por fin conseguimos que uno de ellos, el doctor Sánchez, seco y callado, con su seriedad distante, nos escuchara. Le pedimos que no se alargara el sufrimiento. Ni el del Viejo, ni el nuestro. Que si hay alguna posibilidad concreta de recuperar al mismo Viejo que entró por la puerta del hospital hace casi un mes, seguiremos viniendo día tras día con esperanza el tiempo que haga falta. Pero que si el Viejo ya no será el Viejo... que nos ayudara. Cobardemente simulábamos no estar pidiendo que lo dejen morir. Al Viejo. El médico nos oyó con su parquedad habitual. Cuando acabamos de hablar no dijo nada. Nos apretó un hombro a cada uno con sus manos e intentó sonreír. Luego salió por la puerta sin decir una palabra. Aceptación... Compasión... Nunca tendremos la certeza.

Como ausente, retomo mi paseo y a los pocos metros vuelvo a detenerme. Me invade el otro gran temor de estos días. *Mamá siempre fue la más fuerte. Volverá a tirar del carro una vez más y saldrá adelante, pero ¿me perdonará? Ahora ya no hay vuelta atrás.* Ahora Alma existe y yo no puedo ni quiero desandar el camino pero tal vez debería haberlo compartido con mi vieja. *Desde mi primer encuentro con Alma tengo de fondo la dolorosa sensación de que la estoy traicionando.* Pero hablarlo con ella es pasar por alto la voluntad del Viejo y eso es como suponerlo ya muerto. No hablar con la vieja me obliga a callar también ante mis hermanos porque, *si cabe la posibilidad de que esté equivocándome, si mi complicidad con Alma no debería haber continuado sin antes blanquearla ante la vieja, entonces no tengo derecho a empujar a Carla y a Mauro al mismo error.* Pero mientras el Viejo siga igual no puedo cambiar la situación. *Tengo que esperar.*

Sin darme cuenta me voy acercando a Puerto Madero, ese Buenos Aires flamante surgido a la sombra de los enjuagues del sultanato menemista, esta nueva careta de la ciudad, esnob y pretenciosa. La puerta al río que Buenos Aires reclamaba desde siempre en este lugar maravilloso ha sido conquistada, una vez más y con toda la parafernalia, por las garras conocidas. No reparo en la poca gente, en la mucha policía, y no veo los locales cerrados. *No puedo seguir en este limbo agobiante.* Me dejo salir por Paseo Colón y camino como ausente hacia la Plaza de Mayo. El estruendo de un helicóptero despegando del techo de la Casa Rosada está a punto de llamar mi atención pero sigo mi camino tropezando inconsciente con miles de personas que aúllan un grito de guerra desesperado que no soy capaz de escuchar. *Estoy postergando todo, postergándome, esperando un desenlace que puede no llegar.* Por Rivadavia siento que el brazo me arde y descubro que me he rasgado la camisa y el hombro con los alambres de una de las muchas vallas metálicas que impiden acercarse a los bancos y financieras. Voy a la deriva hasta Tribunales dejándome esquivar por los grupos de gente que protestan, indignados unos, desolados otros, hundidos todos. Yo no los veo. *Me tengo que ir. Aún no sé cuándo, pero me tengo que ir.* Bajo a la estación del Subte, me subo al primer tren y, ya sentado, sigo desenredándome.

Y quiero saber quién es Alma. Ya la siento como hermana y he intentado satisfacer sus deseos de saber, su afán por conocernos, su angustia por el Viejo pero... *¿quién es? Las veces que le pregunto sobre ella se me escapa y yo la dejo escabullirse volviendo, casi sin darme cuenta, a las historias de los míos.* No por curiosidad baldía, necesito saber. *Quiero saber.*

Sé que bajé del Subte y subí a un colectivo. En algún momento llego a casa de mi madre. En algún momento me acuesto. En algún momento creo que me duermo.

1979

«Mientras uno experimenta las cosas
no tiene tiempo, además, de reflexionar sobre lo que pasa.
Y el recuerdo viene de la memoria, pero también
de las heridas, los daños que uno arrastra consigo»

Herta Müller

La primera vez que vi una foto de los guerreros de Xi'an, con sus caras de barro enfiladas hacia el horizonte como en un ejercicio de perspectiva elemental, recordé automáticamente las muchas filas de flanes individuales que mi abuela Carlota preparaba y alineaba en orden marcial sobre un par de estantes de la heladera de casa, donde esperaban hasta que los llamáramos a combate para merendar, o en mitad de la noche... o para los asados, claro. Disfrutábamos de esos flanes sabiendo que, en su fondo, cada pequeño molde metálico escondía un tesoro de caramelo. ¿Cuántos podía haber enfriándose a la vez? ¿Veinte? ¿Cuarenta? ¿Mil? Desde luego, en mi recuerdo, muchos más. Después de la muerte de mi abuela Carlota, la tía Julia tomó el relevo de los flanes familiares pero ya no era lo mismo para mí. Ella traía a los asados dos grandes flanes que se repartían en la mesa a la hora de los postres. Pero cada vez que me servían un trozo yo no podía evitar pensar en los pequeños flanes de Carlota. No volverían ya los tiempos de aquellos flanes guerreros.

Carla entró como un zombi. La melena revuelta, los ojos legañosos.

—¡Qué cara de sueño, Carla! Parece que anoche trasnochamos.

—¡Estoy enojadísima con vos! —le soltó mi madre—.

¡Llegaste a las tres de la mañana!

—A las dos, mamá, a las dos... —dijo Carla mientras cumplía con la ronda de besos a toda la familia que remataba el postre.

—¡Me habías dicho que a las doce y media como muy tarde! ¡Y no hubo forma de levantarte en toda la mañana!

—Sí, pero... ¿Quedó algo de ensalada? —Y ella también se sentó.

—Bueno, la chica ya es grande. Se habrá entretenido, ¿no, hija?

—¡Ya está el padre defendiéndola! ¡Tiene dieciséis años!

—¡Casi diecisiete! ¡Y no fue por mi culpa! Yo iba a llegar temprano pero el ejército paró el colectivo en el que volvía y nos tuvieron casi dos horas contra la pared y...

Todos los mayores miraron a Carla y la cara de mi madre se paralizó. El resto de los adolescentes y niños no le dimos importancia al dato y seguimos comiendo.

—¿Cómo que...? Pero... ¿hubo un accidente o algo? —preguntó la tía Bety.

—No, nada. Como siempre —contestó Carla.

—¿Cómo que «como siempre»?

—Y sí. Cuando vuelvo de noche del cine o de alguna fiesta o de cualquier lado, a veces paran el colectivo, nos bajan a todos, nos ponen contra la pared...

La frase la completó mi primo Tato, atento a su postre.

—...nos cachean, nos gritan, separan a alguno y después nos dejan seguir viaje. Lo normal.

—¿Cómo, lo normal? ¿Y vos qué sabés? —le preguntó su madre incrédula.

—Y... a mí también me pasó. Dos o tres veces. Y seguro que a Renzo también, ¿no, Renzo?

—Sí, una vez —confirmé colocando simétricamente otras dos cucharadas de dulce de leche sobre mi segundo trozo de flan.

—Y a mí en el cine —dijo mi prima Isabel—. Cortaron la peli, entraron con las metralletas, nos revisaron a todos y se fueron con dos personas. Pero lo bueno es que repitieron la peli desde el comienzo y como yo había llegado tarde...

—Eso —confirmó Carla—. Lo que pasa es que anoche se demoraron más de lo habitual y se llevaron a tres o cuatro. ¡Se ve que se aburrían en el cuartel! ¡Ja, ja, ja!

Mis padres y mis tíos se miraban entre ellos sin saber qué decir. El tío Toño no levantaba la vista de su plato.

—¿Y cómo no nos contás estas cosas? —preguntó el Viejo.

Carla sacó el labio inferior y alzó los hombros despreocupada.

—Es lo normal, tío —dijo Tato.

—Pero...

Los chicos seguimos riendo y contando anécdotas similares y los mayores asistían ignorantes al relato.

—A mí me revisan cada mañana un par de monos armados en la puerta de la facultad. Y tengo que mostrar el documento y el carnet de la Universidad o no me dejan entrar —dijo Mauro mientras rebañaba los restos de caramelo.

—Claro, en mi facultad es igual —dijo el primo Luis.

—En mi colegio, a fin de año —contó mi prima Nora misteriosa y entre risas—, cuando los que están por terminar el Bachillerato empiezan a festejar y a hacer lío, el rector llama a la Brigada Antiexplosivos y se acaba la fiesta. ¡Ja, ja, ja! Nos hacen pasar a todos, uno por uno, por el patio entre dos filas de soldados con fusiles y nos revisan los bolsos y las carteras. ¡Y así perdemos tiempo y no hay que estudiar!

—Un compañerito de mi clase —señaló Fabi desde la mesa de los niños, con la boca enmarcada de dulce de leche— llega siempre media hora tarde y lo acompañan dos soldados con pistolas que trabajan para su papá. ¡Como en las películas de la tele! ¡Y lo vienen a buscar antes de hora! ¡Tiene una suerte!

Las caras de alarma de padres, tíos y abuelos contrastaban con nuestras risas y gritos.

—Pero... ¿Cómo?

Y los chicos nos miramos confirmándonos que eso era así desde siempre.

—¿Y a vos no te paran los militares en la ruta y te revisan el coche casi todos los días cuando venís del trabajo? —le recordé al Viejo.

—¿Y vos no cambiaste de supermercado porque el de siempre está al lado de la comisaría y cortan la calle y no se puede entrar o salir cada dos por tres? —le dijo Tato a su madre.

Las preguntas podrían haberse sucedido por horas.

Nueve

—¿Cuándo me vas a contar de vos?

—Ya te conté.

—En serio. ¿Quién sos, Alma?

—...

—No me parece justo. Te estoy abriendo mi vida en un momento muy jodido y creo que me merezco algo de confianza, ¿no?

—Sí.

—¿Entonces? ¿Somos hermanos o no?

—Dame tiempo. No me resulta nada fácil hablar de mí.

No era la primera vez que intentaba que Alma me contara su historia, pero el mismo resultado parecía esta vez menos monolítico, más dúctil.

1970

«... porque yo estaba por ser,
no tenía sombra ni casi historia,
era tan solo presente, pequeño,
mero estar y ver y sentir
a la sombra de los grandes...»

Las doce a Bragado, Haroldo Conti

¿Cómo medir el impacto? ¿Cómo saber el peso con el que una imagen, una frase o una palabra pueden caer sobre un niño? Aquella tarde, después del asado, la baraja pasaba de mano en mano y yo asistía, invisible, a la charla de los mayores mientras jugaban. Ellos no reparaban en mí y yo hacía para que no reparasen. Me había separado aburrido de la mesa donde mis tías y los niños jugábamos a la lotería para poder escuchar la charla de los hombres, registrar cada palabra, cada frase. Pero pagué cara la curiosidad. Guardo esa tarde como una cicatriz en mi memoria. Pero también sé que mi sensibilidad ya venía tocada desde hacía días.

—Entonces barajo yo, ¿estamos?

—Estamos. ¿Y jugamos con flor o sin flor?

—No va a aparecer. Ese hombre está muerto.

Aquel año el invierno no se hizo esperar. El domingo anterior había llovido y en mi casa la conjunción de domingo, lluvia y frío suponía una ceremonia calmada y placentera que todos esperábamos. Esas tardes nos encerrábamos en la cocina con la tele, la perra, y al abrigo de la estufa de *kerosene* a la que el Viejo le ponía encima un jarro enlozado lleno de agua y frutos de eucaliptus que aromaban el ambiente. Con mis hermanos aburríamos a mi madre hasta conseguir que hiciera galletitas o buñuelos para merendar mientras veíamos todas la películas antiguas que pasaban por la tele y sin intención de salir ni a oler el frío.

Ese domingo, de lluvia y merienda, anterior al asado del 9 de Julio, vimos la *María Antonieta* de Norma Shearer. Hoy es un clásico del año treinta y ocho, pero entonces solo era una peli vieja. Durante toda la película, y al margen de las aberraciones históricas tan típicas de Hollywood, se muestran los excesos de la corte borbónica, los abusos de poder de la monarquía, los lujos y las obscenidades de la aristocracia como simples frivolidades de una clase que no hacía más que jugar su papel dentro del orden establecido. Y todo esto lo vemos en escenografías brillantes, luminosas, vestuarios suntuosos, música ligera y personajes hermosos. Pero al llegar la revolución todo se oscurece y predominan las sombras. Los revolucionarios son sucios, feos. Salvajes. Despiadados. La revolución parece no tener otro objetivo que el de vengarse sin más. De abusar de los que abusaron. De humillar a los que humillaron. Solo buscan venganza. Claro que todo esto no éramos capaces entonces de verlo en la película. No lo veían mis hermanos y mucho menos yo, con seis años y muchas ganas de buñuelos. Cerca del final, una escena me impactó: la familia real es apresada cuando intenta huir a Inglaterra y con ellos cae también la princesa de Lamballe, amiga fiel y confidente de la reina María Antonieta y el único personaje que mantiene su ética y su dignidad cuando todo su entorno se pierde. Los milicianos revolucionarios la separan de su reina y la entregan prisionera a las masas enfebrecidas. María Antonieta escucha y reconoce desde su calabozo los alaridos de su amiga y a pesar de que el rey intenta impedírselo, consigue asomarse a la ventana y ve horrorizada el calvario que padece. No dormí aquella noche, ni las siguientes, viendo en la oscuridad las vejaciones y atrocidades a las que esos «salvajes revanchistas» habían sometido a la «buena de la película». Pero lo curioso del tema es que durante años recordé impresionado la imagen de la princesa de Lamballe en medio de la multitud, tironeada, golpeada y con sus ropas desgarradas por las bestias cuando, en verdad, esa escena no existe. Al volver a ver la cinta, ya adulto y temiendo la llegada de la escena de mis pesadillas, descubrí que el personaje de la princesa desaparece al ser separada de la reina y solo se intuye el horror en los ojos de Norma Shearer, desorbitados entre las rejas de su calabozo. Mi imaginación de niño había sido más morbosa y más terrorífica. O, siendo más realista, los guionistas supieron que sería más terrible lo imaginable por el público que lo que la película pudiera mostrar.

—Envido.

—Envido.

—Treinta y una.

—Son buenas.

—Pero si ya dijeron que lo mataron... No va a aparecer.

—¡Que lo ajusticiaron! —precisó el tío Javier.

—Te toca.

—¿Tenés algo para arrimar?

—Y... algo.

—¡Pobre hombre! Secuestrado, encerrado y asesinado sin más, ¡porque sí!

—Bueno, porque sí... —dijo el Viejo.

—¿Qué querés decir?

—No, nada... Digo que no es como si me secuestraran a mí o al verdulero de la esquina. Él es un milico importante. Lo derrocó a Perón. Fue presidente...

—¡Y fusiló a unos cuantos! —apostilló el tío Javier.

—¡¿Y eso justifica que lo secuestren, y lo maten?!

—No digo eso. Digo que el que abre la caja de los truenos, cuando después quiere cerrarla...

—¡¿Pero en qué país vivimos?! ¡¿Ojo por ojo?!

—Calmate, Felipe. Calmate, ¿querés?

—¡¿Cómo que me calme?! ¡¿No leen los diarios ustedes?! ¡¿No ven lo que nos está pasando?!

Todavía faltaba una semana para que apareciera el cadáver del general Aramburu y los diarios, la televisión y las radios llevaban más de un mes desgranando las informaciones sobre su secuestro. El gobierno de facto no aceptaba que un grupo armado casi desconocido fuera capaz de organizar semejante operativo en la cara del poder. Hasta ese momento yo había asistido a los hechos como a una película que pasaban por la tele, una de persecuciones e intrigas. Pero la vehemencia del tío Felipe me aterrorizó y me hizo ver las cosas como algo real, cercano. Algo que nos amenazaba y que podía pasarnos a nosotros en cualquier momento.

—¡Ese hombre puso orden cuando no lo había! ¡Se la jugó por el país! ¡Habrá cometido errores, claro! Pero ¡¿quién estaba libre de pecado en el cincuenta y cinco?!

—Bueno, Felipe. Son opiniones que...

—¡Bueno nada! ¡Este país se va al carajo!

—Felipe...

—¡¿Sabés lo que estará padeciendo ese hombre?! ¡¿Las atrocidades que le estarán haciendo esos animales sin que se pueda defender?!

Conservé mucho tiempo la impresión, el miedo a esas «atrocidades» no definidas, ejecutadas sobre un anciano indefenso, encerrado, lejos de los suyos. Las noticias mostraban las fotos de un hombre mayor muy elegante o las fotos oficiales de su etapa de Presidente de la República, peinado a la gomina, con frac y la banda presidencial cruzando su pecho como la de tantos otros próceres que en el colegio nos enseñaban a respetar como figuras justas e incorruptibles. Como a santos.

Tardé muchos años en enterarme de la historia completa del país. En empezar a leerla desde otras fotos. En conocer el otro peso que compensaba los platillos de la balanza. En armar todo el argumento de la peli. Y en darme cuenta de que el tío Felipe podría haber hecho una gran carrera en Hollywood.

Diez

Entro corriendo en el Otro Mundo y encuentro a Alma sentada a la mesa junto a la ventana, como siempre.

—Vamos.

—¿Qué?

—Vamos, Alma, vamos. ¡Es hoy!

—¿Qué?

—Mi vieja se quedó en casa porque no se sentía bien y Carla se fue para allá a hacerle compañía. Mauro me acaba de llamar porque le surgió un lío de trabajo y no puede venir. Te voy a colar a ver al Viejo.

Alma está petrificada. Respiro profundo y le hablo más calmado.

—¿No te me vas a arrugar ahora, no?

—...

—Alma, mirame.

—...

—Alma...

—...

—Es probable que no haya otra oportunidad. Tiene que ser hoy.

—...

—Si querés volver a verlo antes de...

—Vamos.

Cruzamos la calle volando y entramos al hospital como locos. No esperamos los ascensores y subimos los tres pisos flotando sobre las escaleras. Cuando la enfermera abre las puertas para dejar pasar a los familiares de los pacientes vamos directamente hacia el *box* del Viejo. Junto a él hay otra enfermera revisando máquinas, ajustando tubos. Alma parece no querer entrar. El Viejo está muy mal. Mi madre, mis hermanos y yo ya nos hemos acostumbrado a verlo desmejorar día a día, pero en ese momento entiendo que debería haber preparado a Alma para enfrentarlo. Está hinchado por un fallo renal. Pálido, amarillo. Un tubo le entra por la nariz para alimentarlo y respira por otro sostenido con tela adhesiva a su cuello. La traqueotomía. Catéteres, cables, más tubos en los brazos y el pecho.

—¿Otra hija más? Pero usted es un semental, ¿no? Les voy a avisar a las enfermeras más jóvenes para que tengan cuidado con usted.

La enfermera se dirige al Viejo como si él pudiera escucharla.

—No... No es... Es... —intento mentir una explicación.

—¡Es igualita a usted, señor Renzo! Pasá, linda, pasá. Él está muy contento de que hayas venido.

Alma sonríe a la enfermera que la empuja para que entre mientras ella se va a atender a otro paciente. Me mira desconcertada.

—¿Estás bien? —le digo.

—Sí. Es que no parece... Ya está. Ya se me pasa.

—¿Viste, vos? ¡El Viejo seduce a las enfermeras hasta cuando está en coma! ¡No afloja ni inconsciente! —trato de relajar su impresión.

—Hola, Viejo. Soy Alma.

—Mirá, Viejo. Vino Alma.

Nosotros también simulamos que él nos oye. Alma deja su mochila en una silla, busca un pañuelo de papel en sus bolsillos y se pone a secarle el sudor.

—Viejo lindo. Ponete bien de una vez, carajo, que te extraño. Extraño nuestros paseos por la Costanera. Ponete bien ya, ¿dale? Que me tenés que traer medialunas de la confitería Vicente López. Si no me las traés vos no es lo mismo.

Le acomoda las sábanas, le cubre un pie que se escapa de la manta, le limpia la espuma de saliva de la comisura de los labios. Cada cosa que hace la remata con un beso en la frente del Viejo.

—¿A vos también te enganchó a esas medialunas? Son droga dura... No hay quien se escape a la adicción —le digo.

—Sí, siempre que nos vemos me trae una docena. Y yo le protesto porque son mortales y me voy a poner como una vaca. Pero a la siguiente visita... medialunas.

Y dice «medialunas» y su sonrisa se estrella contra el monitoreo cardíaco.

—Viejo... ¿No se le puede poner música?

—Sí. Carla trae todos los días una radio y le ponemos música relajada. Los médicos dicen que a veces...

—Sí, le tiene que hacer bien.

Alma se pone a rebuscar en su mochila y saca una pequeña radio a la que le desenchufa los auriculares y la enciende. Lleva sintonizada una de esas emisoras de *rock* nacional que repiten clásicos de nuestra época. Suena Serú Girán, *Eiti Leda* en la voz de Charly.

«Quiero quedarme (no digas nada)
espera a que las sombras se hayan ido, nena»

—Pero mirá que no podemos dejarle la radio, ¿eh? No dejan. Además, Alma...

—¿Qué?

—No se. Pensaba que si le dejamos la radio y el pobre Viejo escucha en las noticias que en los últimos diez días llevamos cinco Presidentes de la República va a pensar que se volvió loco y le va a hacer peor.

«este invierno fue malo
y creo que olvidé mi sombra
en un subterráneo»

—Qué locura, ¿no?

—¡Dónde acabará todo esto?

—¡Pobre país!

—Pobre Viejo.

«y tus piernas cada vez más largas
saben que no puedo volver atrás.
La ciudad se nos mea de risa, nena»

—Gracias, Renzo.

—¿Por?

—Gracias. Y feliz Año Nuevo.

1981

«Mi viejo fue una abeja en la colmena,
las manos limpias, el alma buena...»

El corazón al Sur, Eladia Blázquez

Ya se habían ido todos. Mi vieja terminaba de lavar algunas bandejas y vasos que antes no habían llegado a lavar ni ella ni sus primas, mientras recogían. El Viejo miraba la tele sentado en una silla de la cocina. Cuando entré con un par de botellas en una mano y dos vasos más en la otra, él se puso de pie y bajó el volumen de la tele.

—¿Te conté el chiste de...?

—Sí, Viejo, sí. Seguro que me lo contaste.

—¿Y qué sabés cuál te digo?

—Porque me los contaste todos, Viejo. ¡Todos!

—¡Ah! Perdón, perdón. Ya no se puede ni contar un chiste acá.

—¿De qué querés hablar?

—¿Por?

—Si empezás por un chiste es que querés hablar de algo, ¿no? No falla.

—¿Ahora también sos adivino?

—Depende, ¿me equivoco?

Usando el control remoto a modo de batuta o puntero, el Viejo repasó, sin muchos detalles, los pormenores del negocio que el nuevo novio de una de mis primas le acababa de plantear y finalmente me preguntó:

—¿Entonces? ¿Qué te parece?

No me sorprendí de la escena conocida. Dejé los vasos y las botellas, bajé la mirada y respondí con otra pregunta:

—¿Qué me tiene que parecer?

—¡Mierda, hijo! Te estoy preguntando tu opinión sobre el negocio ese. ¿Cómo lo ves? Si te parece una buena oportunidad. Si me meto o no me meto.

Mi vieja secaba los vasos y nos miraba. La cocina olía a detergente mezclado con la grasa fría de la carne. A lechuga y a cebolla marchitas por el vinagre, empezando ya a descomponerse en la basura. A la ceniza del carbón. A cigarrillos apagados. El jabón no conseguía tapar el olor a fiesta terminada.

—Papá, no me vengas con esto. No quiero que me vuelvas a enredar en tus asuntos.

—¿Cómo «mis asuntos»? ¿No estás en esta familia, vos? ¿No te interesa que nos vaya bien?

—No empiecen, por favor. Tengamos la fiesta en paz. Papá solo te está preguntando, Renzo.

—Papá, no conozco a la gente que te lo ofrece, no conozco el sector, no tengo ni idea de si el negocio tiene posibilidades o no. ¿Qué te voy a contestar?

—¡No te estoy pidiendo un análisis económico! Te pido que me digas cómo lo ves. Tu olfato. ¡Si me meto o no me meto! —Y apuntaba a un lado y a otro con el control remoto.

—¿Quieren otro café? No me cuesta nada hacerlo, ¿eh? Sí, sí, les hago otro café.

—¿Por qué no le preguntás a Mauro? Él tiene cuatro años más que yo y es el ejecutivo de la familia.

Jamás se le ocurría preguntarle a Mauro algo que tuviera que ver con el futuro. Decía que era muy frío, que no se le podía consultar. Pensaba que su hijo mayor no creía en nada que no se le hubiera ocurrido a él. No estaba lejos de la realidad, pero también era cierto que Mauro no se dejaba enredar y no tenía el menor tacto para hacerle ver al Viejo su incompetencia económica, su falta de visión empresarial y, lo que más le dolía, su ingenua esperanza en que esos «singulares» negocios, siempre prometedores a corto plazo y que torcerían mágicamente la mala racha que traía desde hacía algunos años, se los ofrecían a él por ser quien era y no por aprovecharse de un pobre desesperado que solo veía un futuro posible en ganar la lotería a la que jugaba religiosamente todas las semanas. Por eso recurría a mí, porque yo no era capaz de soltarle cuatro verdades y, a veces, me dejaba involucrar y opinaba sobre cosas que no sabía y no debía saber. Pero esta vez no estaba dispuesto.

—Yo tengo diecisiete años, papá. No creo que deba asumir esa responsabilidad.

—¡Ya estamos con los años y la responsabilidad! Te lo pregunto porque te conozco, sé de tu inteligencia, me das confianza y sé que no vas a decir lo primero que te pase por la cabeza. A cualquiera de tus amigos ni se me ocurriría preguntarles, pero vos sos diferente.

Otro discurso conocido. Mis hermanos y yo éramos diferentes, pero nuestros amigos eran unos imbéciles. Éramos mejor que cualquiera que estuviera con nosotros.

—¿Y por qué soy diferente? Si tengo tan poco olfato para elegir amigos, ¿por qué voy a tenerlo en mis opiniones de negocios?

—Yo no dije nada malo de tus amigos.

—No dijo nada, Renzo... ¿Lo querés solo o cortadito?

—No, solo lo diste por sobreentendido.

—Lo que yo digo es que a ellos no les preguntaría.

—A mis amigos sus padres no les preguntan sobre estos temas. No les preguntan a ellos ni a mí, claro. Repito: soy un pendejo de diecisiete años, papá.

—¡Otra vez! ¿No te enorgullece saber que, a tu edad, tu viejo te tiene tanta confianza como para arriesgar lo poco que tenemos en un negocio solo por tu opinión? —Y me indicaba repetidamente con el control remoto—. Cuando yo tenía tu edad, tu abuelo Nicolás ni siquiera me preguntaba la hora. ¡Ordenaba y había que obedecer!

—Siéntense que ya casi tengo el café.

—¿Papá, te das cuenta de lo que me estás diciendo? Me estás haciendo responsable del futuro económico de la familia y además no me dejás alternativa, ¡tengo que dictar sentencia! ¿Y si sale mal? ¿Y si me equivoco? ¿Y si la salvación que estás buscando se hunde por mi culpa?

—Yo también me puedo equivocar.

—¡Entonces equivocate, papá, equivocate vos! No esquives tu responsabilidad y decidí. Desde que era un chico vengo opinando sobre cada negocio que emprendés. ¿No te parece absurdo que un pendejo opine sobre las inversiones de su familia?

—¡Está bien, está bien! ¡Dejalo, olvidate! —Y negaba en el aire con el control remoto—. ¡Ya me arreglaré solo! Si no me querés ayudar ya veré lo que hago. ¡Nunca puedo contar con nadie! Tendría que haber aceptado a la primera y no preguntar nada. Y después, ¡ya veremos! Da igual. De todas maneras en esta casa todos piensan que soy un boludo.

—Nadie piensa que seas un boludo.

—Tu hijo no te llamó boludo.

—¡Sí, soy un boludo! —Y se daba pequeños golpes en

la cabeza con el control remoto—. ¡Ya dejé escapar otros negocios estupendos por miedo, por pensar en mi familia, por cobardía!

—Eso no es así, Viejo.

—No, no es verdad.

—¡Sí que es así! Cuando el cuñado de tu tío me ofreció entrar en aquella empresa... —Y señalaba para atrás con el control remoto.

—¡Papá, ese tipo era un estafador! ¡Lo sabíamos todos y vos también!

—Sí, pero hoy es un empresario millonario y me ofreció entrar en su negocio. ¡A mí! ¡¿Te das cuenta?! ¡A mí! —Y se golpeaba el pecho con el control remoto.

—Tómense el café, por favor.

—¡Pero es un estafador, Viejo! ¿Querés ser un estafador?

—En este país todos son estafadores.

—Vos no.

—¡Exacto! ¡Yo no! ¡Yo soy un boludo! ¡Todos los ministros, todos los empresarios, todos los comerciantes, todos los vecinos son estafadores menos yo! ¡Yo soy un boludo! —Y se daba otra vez en la cabeza con el control remoto.

—Yo no te llamaría eso.

—¿Ah, no? ¿Y cómo me llamarías, si se puede saber?

—Honrado.

—¡Bah!

—¡Sí, sos honrado, papá! ¡En un país donde casi nadie lo es, vos sos honrado! Sos tan honrado que lo sos incluso contra tu propia voluntad. Ni queriendo podés evitarlo. Pero lo peor de todo es que en lugar de estar orgulloso de ser honrado y dejarnos a tus hijos esa herencia, renegás de eso y te llamás boludo, te llamás cobarde.

—¡Te quiero ver cuando yo me muera y quieras salir adelante vendiendo esa «herencia»!

—No, por favor. No digas eso, no...

—¡Yo no quiero vender nada, papá! Me la voy a quedar. Si esa va a ser tu herencia, me la voy a quedar y voy a intentar estar a la altura.

Mientras decía esto fui de a poco bajando la voz hasta quedarme callado. Mi vieja nos miraba y el café se enfriaba en la mesa. El Viejo mantuvo el gesto duro y la mirada perdida. Respiraba agitado. Tenía saliva en la comisura de los labios. Una mano lo sujetaba al respaldo de la silla y la otra estrujaba el control remoto. No dijo nada más. Se dio media vuelta, se sentó en su silla, intentó inútilmente subir el volumen de la tele. Resignado dejó caer esa mano sobre su pierna y se quedó mirando fijamente el televisor mudo. Me acerqué y le saqué el control remoto, subí un poco el volumen y se lo dejé a su alcance, sobre la mesa. Pasó el resto de la tarde refunfuñando y mirando un programa de esos de preguntas obvias y respuestas idiotas que garantizan a algunos miserables su minuto de gloria.

Once

—¿Qué hacés acá, Renzo? ¿Pasó algo? ¿Cómo volvés tan pronto?

—No, tranquila. No pasa nada.

Alma se sorprende al verme volver al Otro Mundo diez minutos después de haberla dejado. Yo subí a la visita con un poco de retraso y al llegar vi a mi madre en la sala de espera hablando con una enfermera. Decidí entrar solo directamente, pero en la puerta del *box* del Viejo me detuve. Carla estaba inclinada sobre él, sola. Lo abrazaba, le acariciaba la frente y le hablaba mirándolo muy de cerca:

—Ya es tiempo, Viejo. Entregate. Aflojá. ¿No ves que no podés más? Dejate descansar. Aflojá...

Sentí que no debía interrumpir. La pequeña radio desgranaba una sonata de Brahms. Me pregunté si el Viejo no hubiera preferido un tangazo de la orquesta de Miguel Caló. Me fui sin que Carla me viera. Si ella es la única con el coraje suficiente para enfrentar la realidad que los demás no terminamos de aceptar y hablarle al Viejo tan claramente, yo no voy a intentar disfrazar la situación. Además, si acaso el Viejo pudiera escucharla, mejor que sea una voz querida y cotidiana la que lo ayude. Mi voz, con la Distancia, tal vez no sea ya tan conocida para él.

1989

«Alguien se quiere ir.
Alguien quiere volver
alguien que está atrapado en el medio de un recuerdo.
Esto yo ya lo vi
esto ya lo escuché
ella no quiere ser amiga de un chico de este pueblo»

No llores por mí, Argentina, Serú Girán

Ya era tarde. El día se estiraba interminable, yo había comido demasiado y me esperaba una larga noche corrigiendo trabajos de mis alumnos que seguro se extendería hasta la madrugada. Me despedí de mi vieja y, desde la ventana de la cocina, vi al Viejo sentado en un sillón del jardín, perdida la vista sobre la parrilla. Salí a buscarlo para despedirme. Oscurecía.

—Te vas a quedar helado acá solo, Viejo.

—...

—Viejo...

—Hoy fue el último 9 de Julio.

—¿Cómo?

—Que hoy fue el último 9 de Julio.

—¿Qué decís, Nostradamus? ¿Se viene la guerra nuclear?

Levantó la vista de la parrilla y me miró a los ojos.

—¿Vos sos tan boludo desde siempre o te estás entrenando para un campeonato?

—¡Nooo, desde siempre! Boludito, boludito, igualito a mi papito.

—Tenés razón.

—No empecés, Viejo. Era una broma.

—Digo que hoy fue el último asado del 9 de Julio. Se acabó.

—¿Por? ¿Estás cansado?

—No... Cansado no.

—¿Entonces?

—Y..., ¿no viste hoy?

Sabía de lo que me hablaba. Hacía tiempo que los asados del 9 de Julio tenían pocos asistentes. Mis primos llevaban un par de años sin venir, ocupados con sus estudios y sus vidas. Las tías... una venía si no venía la otra porque se habían peleado u ofendido. Y los tíos de mi madre...

—Sí. Los viejos están viejos, Viejo.

—O ya no están. La mitad ya no está y los cuatro que quedan se mueven con dificultad, hay que llevarlos y traerlos, no pueden comer...

—No lo dirás por el tío Pedro. Hoy parecía una lima.

—¡Es por el Alzheimer, bolas! El Alemán avanza y hace que él no se acuerde de que ya comió. ¡Tres veces me pidió chorizo y cuatro veces morcillas!

—Pobre...

—Cuando le dije que no le servía más me preguntó si quería matarlo de hambre.

Me reí con pena.

—¿Pero te vas a retirar en plena gloria, Greta Garbo? Podemos seguir celebrando asados entre nosotros, ¿no?

—Yo asados voy a hacer siempre. Mientras pueda... Siempre. Pero el 9 de Julio ya fue.

Tenía que hablar. Llevaba varios días esperando la ocasión y no era capaz de enfrentarla, pero entonces supe que era el momento.

—Me voy, Viejo.

—Sí, andá a tu casa que se hace tarde.

—No, Viejo. Me voy. Me voy a España.

Volvió a mirarme a los ojos.

—¿Te decidiste por fin?

—Decidido ya estaba. No me animaba. Voy a probar un año o dos. Una buena experiencia, ¿no?

—Para irte un año o dos no te vayas.

—Vos sabés que no me voy por bronca, que no me voy dando un portazo. Dar clases en la facultad me gusta, el trabajo en el estudio también pero... si no lo hago ahora no lo voy a hacer nunca, papá.

—Claro, trabajar en Europa era tu ilusión. Una cuenta pendiente.

—Y si no me gusta o no me encuentro, me vuelvo.

—¿Y Darío?

—Darío hace rato que sabe que ya no vamos a ningún lado, que terminó.

—Pero, a lo mejor....

—¿Ahora te preocupa Darío? Esto es nuevo.

—No me castigues, Renzo. Ya sabés lo que me costó aceptar tu... Pero, bueno, ahora que ya me había hecho a la idea.

—Es mi pareja, Viejo. Es mi vida. Te agradezco el esfuerzo por aceptarla pero soy yo el que tiene que decidir por dónde seguir. Además...

—¿Qué?

—Estoy desencantado. No sé.

Había perdido las ganas. Me había tocado vivir un momento apasionante cuando estudiaba, muy movilizador: la vuelta de la democracia, los juicios a los militares, ver al país volver a levantarse. Seguíamos siendo los últimos de la fila, como siempre, pero había dignidad. ¡Tenía tantas expectativas! Pero después... Los intentos de golpe, las agachadas, la ley de Punto Final, la Obediencia Debida.

Y por fin, la derrota final en manos de los poderosos de siempre con ese golpe de estado, esta vez económico. El Viejo y Carla me acusaban de seguir defendiendo a Alfonsín y tal vez tuvieran razón. Pero yo reclamaba dignidad.

—Este país es así, Renzo. Es como la iglesia de mi pueblo: no tiene cura.

—Y encima ahora Menem.

—Sigue sin gustarte.

—¡Es que no le creo! ¡No le creo nada! Ayer por la mañana, cuando vi por la tele cómo le ponían la banda presidencial me corrió un frío por la espalda. Nos va a joder a todos y entre todos lo pusimos ahí para que nos joda bien jodidos. ¿Sabés de qué me acordaba ayer cuando veía a Menem asumir la presidencia?

—...

—¿Te acordás que la abuela Blasa contaba que su madre la gallega...?

—Burgalesa.

—Por eso, gallega.

—Si los llamás a todos gallegos te van a mandar de vuelta de una patada en el culo a los dos días de llegar.

—Bue, es lo mismo. ¿Pero te acordás de lo que contaba?

—Mi vieja contaba muchas cosas.

—Contaba que cuando era chica y se portaba mal su mamá la llamaba y le decía: «Ven, Blasa, ven que te voy a pegar». ¡Y ella iba! ¡Era la única de sus hermanos que obedecía y se acercaba para que le pegaran!

—Ja, ja, ja... no me acordaba de eso. ¡Pobre vieja!

—Ayer pensaba que los argentinos somos iguales. Menem nos llama: «Vengan, vengan que los voy a joder». ¡Y nosotros vamos! ¡Vamos y lo votamos!

—Pero vos no lo votaste.

—Antes me corto la mano.

—...

—¿Vos lo votaste?

—...

—¡No me digas que lo votaste!

—A lo mejor hace algo. Esto va muy mal, Renzo.

—¡Lo votaste, Viejo! ¡¿Cómo pudiste?!

—No, no lo voté, pero...

—Si la vieja se entera de que lo votaste te manda a dormir a lo del vecino.

—Te digo que no lo voté.

—Sí, lo votaste...

Nos quedamos en silencio. Los dos sabíamos que la conversación no había acabado pero ambos temíamos continuarla. La noche se cerraba de a poco y perdíamos la visión de nuestras caras, el perfil de las plantas. Solo algunas brasas agonizantes resplandecían en la parrilla como advertencia de que seguíamos allí.

—¿Ya se lo dijiste a tu madre?

—¿Qué lo votaste a Menem? ¿Estás loco? No quiero ser cómplice de tu asesinato...

—¡Renzo, no estás obligado a decir una pelotudez cada cinco minutos, relajate, ¿querés?!

—Bueeeno... No, todavía no le dije nada. Voy a esperar unos días.

—Ella es fuerte. Es de fierro. Cuando te vayas se va a hundir, se va a encerrar a llorar un día entero, pero cuando salga del encierro va a sacar otra vez la alemanada de adentro y va a ser la defensora más fanática de tu decisión. Para ella no va a haber otra alternativa posible para vos que España.

—¿Y vos?

—¿Yo? Ojalá tuviera tu edad. Yo también me haría pedo.

—¿Eh?

—En este país hay que hacerse pedo.

—¿Qué decís? ¿Que me emborrache? No te entiendo, Viejo.

—La Argentina nos come, nos mastica, nos tritura, nos deglute…

—Ah…

—…nos traga, nos arranca lo mejor, nos chupa la sangre, nos digiere…

—Viejo, no…

—…y al final, como es lógico, nos transforma en mierda y nos caga…

—Pará, papá. Pará…

—…y una vez cagado no te podés mover, te quedás ahí, en la mierda, para siempre.

—…

—La única alternativa es hacerse pedo. Te hacés pedo y así cuando el país te caga te perdés en el aire, te mezclás con el viento y te podés ir lejos, lejos de la mierda, lejos de todo.

—No me hagas esto, Viejo. Ayudame a irme bien.

Volvió de su delirio descontrolado como si aterrizara.

—Perdoname. Soy un viejo resentido. ¿Ves lo que te decía? Un viejo de mierda en la mierda.

Me volvió a mirar. Nos acercamos para adivinarnos en la penumbra. Intenté verme en sus ojos pero mi imagen se deformaba como en un charco agitado. Me dio un intenso abrazo, larguísimo, asfixiante, hermoso. Agarró mi cara entre sus manos y me besó muy fuerte en la boca. Cuando me di la vuelta para irme, llegué a ver a mi vieja mientras salía del cuadro de la ventana de la cocina y hacía como si estuviera ocupada en algo. Me alejé tres pasos del Viejo y me detuve. Me quedé pensando y luego me giré y le dije:

—Oíme, Viejo.

—...

—¿No tenías una metáfora más poética para hablar de mi futuro?

—Y... no.

—No sé, alguna obvia, o cursi: «Hijo, convertite en gaviota y volá... Corré como un caballo por la llanura... Perdete entre las estrellas del firmamento...». Pero... ¿un pedo?

—Y... yo lo veo así.

—O sea que un pedo.

—Un pedo.

Tres meses después me instalé en Madrid.

Doce

—Anoche lo vi muy mal. Yo no sé...

—No nos adelantemos, Renzo.

—Ese médico, Sánchez, nos volvió a pedir los teléfonos.

—Bueno, ¿ves? A lo mejor...

Alma intenta animarme. Es su turno. Otras veces yo la animo a ella, o a mi vieja, o mi vieja a Carla, y así seguimos. Los hechos son demoledores.

Alma empuja sobre la mesa hacia mi lado un paquete de papel marrón. Tiene encima una tarjeta pegada que dice: «PARA RENZO».

—Tomá, esto es para vos.

—¿Por qué? ¿Qué es?

Sopeso el bulto (¿un libro?), le doy un par de vueltas y finalmente lo desenvuelvo. Es un pequeño cuaderno escolar con tapa dura color negro. Las hojas están íntegramente escritas, de principio a fin, del primer renglón al último, con una caligrafía grande y cuidada dibujada con bolígrafo azul. Leo las primeras líneas: *«Nací en el suelo de unas oficinas del Ministerio de Educación, frente a la ventanilla cuatro, en medio de una cola de gente...»*.

—¿Y esto?

—¿No querías saber?

—No te pedía tanto.

—Llevo varias noches escribiendo sin parar.

—Bastaba con que me contaras.

—No, no bastaba. A mí no me bastaba.

—¿Por?

—Porque no quería empezar a hablar y que te vieras obligado a opinar o intervenir según te fuera contando. Porque prefiero que lo leas a solas y después me preguntes o me consultes o lo que quieras. Pero no quiero estar delante.

—¿Es para tanto? ¿Me tengo que asustar?

Alma sonríe y se encoge de hombros. Luego agrega:

—No te asustes. Es solo que... La vida de cada uno tiene la importancia que uno quiera darle y yo...

En el momento en que el mozo pone sobre la mesa el submarino para Alma, suena mi teléfono y ella se interrumpe.

—Seguí, seguí hablando. No importa.

—No, no. Atendé. A lo mejor es importante.

En la pantalla leo que es Mauro quien llama. Mientras atiendo con un gesto de fastidio, le hago señas a Alma de que me espere un poco. Me pongo de pie para contestar y empiezo a caminar mientras hablo. No me alejo para evitar que Alma me escuche sino por un acto reflejo heredado del Viejo: no puedo hablar por teléfono si no camino al mismo tiempo. Aún recuerdo, cuando todavía no existían los inalámbricos ni los celulares, cómo le tomábamos el pelo al Viejo porque estiraba el cable *fussili* del antiguo teléfono de casa, caminando de un extremo al otro de la cocina hasta convertirlo en *spaghetti*. Un día me di cuenta de que yo hacía lo mismo y ya era tarde para evitarlo. También en eso nos parecemos. Hasta en eso.

—¡Qué pasa, Mauro! ¿No nos vemos en un rato? ¿Tanto me extrañás, hermanito?

—¡Callate, nene! ¿Ya estás por el hospital?

—Sí, estoy al lado. ¿Por qué?

—Me acaba de llamar el doctor Sánchez. ¡Subí corriendo a Terapia Intensiva!

—¿Eh?

—Ya le avisé a Carla y por suerte va con la vieja. Están llegando.

—Pero, ¡¿qué pasó?!

—¡Andá! ¡Corré que ahora te veo!

—¿Pero Sánchez te dijo algo?

Oigo el ruido del motor del coche de Mauro pero él guarda silencio. Empiezo a imaginar lo que calla pero quiero que me desmienta, que no me deje pensar en eso, que me diga cualquier otra causa por la que deba correr al hospital.

—¡Mauro, contestame! ¿Qué te...?

—Se murió, Renzo. El Viejo se murió.

—¡¿Qué?! ¡¿Cuándo?! ¡Pero si anoche...!

No termino la estúpida frase. Sí, anoche estaba vivo pero hoy ya no. Entonces veo los ojos desorbitados de Alma mientras se pone de pie al verme gesticular desde la otra punta del Otro Mundo. Mauro me sigue hablando.

—No sé cuándo, ahora. Hoy. ¡No sé! ¡Subí! Llego enseguida.

—Pero...

—¡Corré, carajo!

Cuelgo y me quedo como entre paréntesis. Miro mi imagen reflejada en el espejo. El dueño del bar, al que nunca en todas estas semanas le vi salir de detrás de la barra, se acerca creyendo que quiero que me atiendan y se me planta delante con cara de impaciencia, esperando mi pedido. Lo miro directo a sus ojos y me devuelve desafiante la mirada y añade un gesto inquisitorio levantando rápido el mentón a la vez que alza las cejas.

—¿No va al baño, usted? —le digo—. Está asqueroso.

—¿Eh?

—Digo que el baño está asqueroso, mugriento. ¿Tanto le cuesta hacerlo limpiar por lo menos una vez al día?

Mira al techo, suelta un soplido como si la escena ya le fuera conocida y me responde sobrado:

—¿Va a tomar algo o solo me quiere enseñar cómo llevar mi negocio?

—¿No piensa en la gente, usted? ¿No se da cuenta de que está prestando un servicio? ¡Llevo casi dos meses viniendo a este puto bar y siempre...!

Al notar que estoy gritando me quedo en blanco y no sé cómo seguir. Creo que el tipo ya estaba pensando en echarme a patadas pero ahora me mira como a un loco, otro más, y le hace un ademán al mozo que siempre nos atiende, para que se acerque a ayudarle. Entonces caigo en la cuenta y miro hacia nuestra mesa pero Alma ya no está. Vuelvo rápido a mi sitio buscándola por el bar pero, cuando llego, desde la ventana, la veo subirse a un taxi que sale disparado al instante.

Revuelvo mis bolsillos y suelto torpemente unos billetes sobre la mesa. Agarro el cuaderno de Alma y salgo de allí consciente de la situación. No puedo seguirla y además sé que es inútil. Ella se aleja y yo tengo que ir a enfrentarme con lo que ya no tiene solución. Cruzo corriendo la calle y vuelvo a trepar esas cotidianas escaleras sabiendo que esta vez será la última. Mientras subo no puedo evitar pensar que, sobre nuestra mesa del bar, las moscas estarán empezando a atacar la barra de chocolate apoyada en el plato del vaso de leche que ya se estará enfriando.

MÁS PARTES
Alma y Renzo

«ahora
en esta hora inocente
yo y la que fui nos sentamos
en el umbral de mi mirada»

Alejandra Pizarnik

Del cuaderno de Alma

Nací en el suelo de unas oficinas del Ministerio de Educación, frente a la ventanilla cuatro, en medio de una cola de gente en la que Paula esperaba, como casi todos los días, para volver a solicitar una plaza de maestra en alguna escuela, la que fuera, donde fuera, explicando su necesidad de trabajar para mantenerme y soportando la mirada cargada de prejuicios de funcionarios y directivos al ver su prominente barriga y su documentación de soltera. Paula es mi madre, claro, y a ella la parió Fedra, la suya, mi abuela, en el pasillo de un cine de la calle Corrientes viendo una película de Imperio Argentina porque su padre, mi bisabuelo, había insistido en que tenía que verla antes de que la sacaran de cartel y así descubriría su, según él, increíble parecido con la estrella española. Fedra, que había nacido, a su vez, en un camarote de tercera clase, junto a otras cincuenta personas, en el barco que traía a sus padres desde Asturias, quiso que...

Estoy mezclando todo.

No sé cómo ni por dónde empezar.

Pero tengo que empezar, Renzo, aunque sea así, desordenadamente, porque no voy a poder seguir esquivando mucho más el momento de contarte.

He conseguido no exponerme hasta ahora pero creo que te merecés que te cuente mi historia, aunque no es algo de lo que me guste hablar. No me he estado escapando por timidez o por soberbia sino porque, con el tiempo, he aprendido que la gente pregunta y cree querer saber de vos dando por descontado que todas las historias se parecen, que reconocerá en la tuya partes de la suya propia y que podrá aportar sus experiencias, comparar sus anécdotas de vida con las que, con tu historia, le puedas transmitir. La gente quiere oír lo que ya sabe. Pero cuando le contás algunos aspectos de tu vida que no son previsibles, que no está preparado para escuchar, que suponen del que escucha una toma de posición clara, un compromiso con lo que se le cuenta, una capacidad de asumir dónde y de qué manera se coloca respecto de lo que oye..., las reacciones son imprevisibles: llanto, risa, agresividad, incoherencia, escepticismo, silencio... El silencio es la peor respuesta y también la más habitual.

Pero a medida que te voy conociendo en estas larguísimas semanas de espera e incertidumbre, intuyo que puedo contarte. Es justo que te cuente.

Así que... aquí voy. Y a ver si consigo ordenar el caos.

El principio ya te es conocido: el Viejo, mi vieja, la suplencia, el romance... Como ya dije, mi vieja se llama Paula y yo la llamo Paula. Nunca la llamé mamá, como nunca llamé abuela a Fedra, su madre. Paula quiso llamarme Alma por Alma Mahler. Le fascinaba lo poco que se sabía entonces de esa mujer y que se resumía en que había sido el centro de la vanguardia artística de medio siglo y había compartido su vida y su cama con los grandes talentos de todas las artes: Mahler, Werfel, Klimt, Kokoschka, Gropius. A Paula le gustaba pensar que fue ella, Alma, la verdadera creadora en la sombra o por lo menos la generadora de tanto talento. Treinta años después vio su fantasía medio reflejada en la protagonista de 'Azul', la peli de Kieslowski.

Paula decidió tenerme y tuvo que ser muy fuerte para aguantar la presión de una sociedad que castigaba duro a una madre soltera. Estaba sin trabajo y comprobó que nadie la contrataría embarazada y mucho menos con una niña sin padre así que, cuando nací, se fue a vivir a la casa del Delta del Paraná, donde Fedra se había refugiado en el cincuenta y cinco después de que su marido, mi abuelo, muriera en los bombardeos de Buenos Aires, cuando el segundo intento de derrocamiento de Perón. Mi abuelo era un empleado de Correos y trabajaba en el Palacio de Comunicaciones, cerca de la Plaza de Mayo. Era dirigente sindical y cuando empezaron los bombardeos de la plaza, quiso ir con sus compañeros a defender la Casa Rosada. Apenas si llegó a cruzar el Paseo Colón.

Fedra era maestra, como lo fue luego Paula, y no le fue difícil pedir una plaza en una escuela rural en las islas del Delta, un destino al que nadie quería ir. Vendió la casa de sus padres, donde habían vivido con mi abuelo hasta su muerte, y se compró otra a casi dos horas en lancha del Puerto de Frutos de Tigre, cerca de su nueva escuela. Era lo más lejos y aislado que pudo pagar. La casa se llama Morena y aún existe. Escribo sentada en el muelle, flotando sobre las aguas de este río de nombre olvidable, ramal de otro ramal de un afluente del río Paraná de las Palmas. El agua está muy quieta, casi detenida. Hace calor. A pesar de los años transcurridos y las modas que pusieron a Tigre y al Delta en el mapa turístico de Buenos Aires, todo esto sigue estando aislado, en un mundo calmo, silencioso. Aquí no llega quien no sabe llegar. Es perfecto. Los vecinos no se conocen si no quieren conocerse. Entre casa y casa hay más de cincuenta metros de arbustos, árboles y enredaderas que nadie quiere domar. A Morena, como a todas las del Delta, se accede solo por el río, en lancha. Tiene su propio muelle de madera, una zona de verde domesticado alrededor, los laterales salvajes para preservar la intimidad propia y la del vecino, y al fondo, después de unos cuantos frutales y un pequeño huerto, la naturaleza se va desmadrando hacia el centro de la isla en un monte selvático y oscuro que solo quienes debieron vivir de lo que la tierra les retaceaba se atrevieron a penetrar. Morena se eleva sobre sus postes de troncos porque cuando el río se harta de ser bueno, el agua avanza descontrolada y lo inunda todo. Desaparece la tierra, se pierde el punto de apoyo y no hay forma de afrontarlo. El paisaje se transforma en un mar inmóvil de chocolate con leche de donde solamente emergen los árboles, la casa que parece flotar en ese caldo, y el monte impenetrable del centro de la isla. En esos momentos, solo en esos momentos, el aislamiento y la soledad de este lugar dejan de ser manejables para volverse aterradores. El silencio y la inmensidad se hacen inabarcables. Solo cabe esperar a que el agua decida retirarse.

Trece

«Te suplico que me avises
si me vienes a buscar,
no es porque te tenga miedo,
solo me quiero arreglar»

Canción para mi muerte, Charly García

En algún lugar leí o escuché que a los cadáveres les pegan los dientes y los labios para evitar que se les abra la boca o que se les descuelgue la mandíbula en un gesto desagradable. Incluso creo recordar que, para ello, utilizan pegamento de ferretería, alguna clase de Loctite o similar. *El imbécil al que le tocó pegarte los tuyos debe de haberse apresurado y, cuando los selló, llevó tu mandíbula demasiado hacia adelante dejándote ese gesto de Habsburgo, ese aire de la Casa de los Austria —Tiziano mediante— que jamás tuviste. ¡Y ese color!*

Amarillo. *No sos vos.*

Amarillo. *No es tu cara, Viejo.*

Amarillo casi ocre. *¡¿Quién mierda les ha hecho creer a estos tipos que ese es el color de los vivos?!*

Ocre verdoso. Intentan ocultar la palidez mórbida de la muerte, *de tu muerte, Viejo,* con ese color inexistente. En algún momento se alejaron del rosado, del anaranjado pálido y, mucho más, de un tímido bronce que pudiera corresponderse con este enero pegajoso. Seguro que se fueron alejando de a poco, sin notarlo, y ya nunca pudieron recuperar el color real de los que aún no han muerto.

Amarillo ocre verdoso.

Ese es el color exacto: amarillocreverdoso.

No sos vos, Viejo. No es esa la cara tuya que quiero guardar. Es tu cara pero en otro, ya nadie. No me sirve este envase. ¡Ya te he visto, ya está! Ya me despedí ayer en el hospital.

Pero Carla, la espiritual Carla, la más esotérica de nosotros, la más etérea, la que comulga con todas las fuerzas astrológicas, energías positivas, buenas ondas y otros poderes intangibles, esa Carla, *tu Carla,* la nuestra, necesita, curiosa y *santotomasinamente,* una despedida táctil, tangible, verificable por la física y lo físico. Y se acerca al Viejo cada cinco minutos. Y le besa la frente. Y le acaricia la cara. *Y posa sus manos en las tuyas.* Y llora callada y permanentemente su dolor. Ella sí que lo reconoce aunque no sea. Aprovecha cada segundo para sentir que él aún está. Se despide ahora.

Y Mauro es quien tiene las riendas. Inesperadamente tomó las riendas. Afortunadamente tomó las riendas y eso nos ha permitido a los demás abandonarnos cada uno a nuestro duelo, a nuestro hundimiento e incluso, creo, a nuestro alivio. Se ha hecho cargo del papeleo hospitalario, de la burocracia funeraria, de la contratación de los servicios, de elegir todos esos objetos y enseres que no vemos, que no nos importan, pero que deben estar y, seguro, deben de estar. Mauro no se ha despedido aún, no ha podido, no ha tenido tiempo porque tuvo que ocuparse de todo y de todos y sé que no estaremos presentes cuando por fin pueda despedirse. Mauro ha actuado como lo hubiera hecho mamá si pudiera. Ha ocupado el lugar de la vieja.

Porque ella tampoco es ella. La vieja sabe que esto es definitivo. Por tonto que parezca, los demás seguimos esperando despertarnos, creyendo que no pasó, pero ella, en cambio, ya asumió lo irreversible. Y no está. Lo intenta pero no está. Su cuerpo derrumbado en una silla mira, llora, saluda, agradece, moquea... ausente. Quizás está barruntando un futuro que no imagina posible, diseñando su mañana de mañana, solo el del día de mañana, porque seguro que no quiere aterrarse al pensar en los demás días que vendrán.

Ayer, después de recibir explicaciones en el hospital, de escuchar resultados, condolencias, después de firmar papeles y papeles y papeles y de entender que al Viejo debíamos dejarlo allí temporalmente y de que Mauro nos tranquilizara haciéndose cargo de todo lo que faltaba por resolver, de las decisiones pendientes de tomar... Ayer, después de todo aquello, llevé a la vieja a su casa y noté que dudaba un instante antes de meter la llave en la cerradura y que vacilaba antes de poner un pie dentro de esa casa que acababa de transformarse para siempre. Llevábamos semanas entrando y saliendo de ese lugar día tras día, mañana y tarde, camino del hospital, y nada allí había cambiado, nada se había preparado para esto. Las señales que hasta ayer suponían la esperanza del retorno, de la vuelta a la cotidianidad, ahora golpean y lastiman con su nueva condición. Porque ahora nos duele ver el cepillo de dientes del Viejo en su vaso del baño. Duele ver su peine apoyado en un estante y con sus pelos aún enredados. Y el olor dulzón de su colonia al abrir la puerta del armario y las puntas desflecadas de sus pantuflas asomando del estante más bajo. Y la parrilla también muerta en el jardín. Muerta hace ya tiempo pero hoy más que nunca. Y su mate sobre el mármol en la cocina y esa jarrita para el café pintada por sus nietos con cinco letras de colores: V rojo, I amarillo, E azul, J naranja, O verde.

Del cuaderno de Alma

...pero yo tenía pocos meses cuando Paula volvió a buscar trabajo y, tal vez por la impresión que les causé a los grises funcionarios del Ministerio con mi abrupta irrupción en este mundo, consiguió una plaza como única maestra de una escuelita de las islas que estaba aún más lejos que la casa de Fedra. No era más que una casilla de madera con dos cuartos, el aula y el dormitorio del maestro, y afuera, junto al muelle, una vieja canoa y un tronco de pino, largo y recto, clavado en la tierra, donde flameaban los jirones de lo que alguna vez fue una bandera argentina. Allí la burocracia se olvidaba de los prejuicios a cambio de que alguien afrontara ese puesto. Vivíamos de lunes a viernes en esa escuela y los sábados de madrugada, llevándome entre sus piernas, Paula remaba casi una hora hasta Morena donde Fedra nos esperaba con mate y pan recién horneado para desayunar. Ese pan con pasas, pintado con huevo y azúcar, es el sabor de mi niñez. Aún tengo el olor de la leña y el pan casero mezclado con el del monte y el río, grabados a fuego en lo mejor de mi memoria. Pasábamos el fin de semana pescando y cuidando la huerta. Amazonas modernas, mujeres sin hombre, algo lorquianas.

Paula dictaba sus clases a un grupo de diez o quince niños de todas las edades y niveles de aprendizaje, mal alimentados, mal calzados y muy vulnerables a los avatares de sus pobres familias. Los primeros años yo dormía en mi cuna de mimbre junto a su escritorio y los chicos se ocupaban de arrullarme, darme de comer y distraerme mientras Paula escribía en la pizarra o le tomaba la lección a alguno de ellos. De forma que en mi niñez tuve más de una docena de hermanos por turnos cuyas caras variaban según aprendían a defenderse con las sumas y restas, y se esforzaban por leer y escribir. La tarea de Paula consistía, claro, en dar esas nociones básicas pero también, y sobre todo, en pelear y negociar con los padres para que les dejaran seguir asistiendo a la escuela y no se los llevaran, cuando apenas empezaban a aprender, a trabajar en los huertos de cítricos o en las madereras, río arriba. Vio truncarse talentos seguros, valores incipientes, muchas ilusiones.

Con cuatro años pasé de mascota de juegos a compañera de estudios y con siete ayudaba a Paula a explicarles a esos chicos lo que yo ya había aprendido por tener más tiempo y apoyo que ellos.

Y un día apareció por la isla Ernesto, un supervisor muy joven y novato del Ministerio de Educación a quien los burócratas de la dictadura de turno le habían encargado, como primer objetivo de su reciente nombramiento, el de asegurarse de que en las escuelas rurales se impartieran los Valores Nacionales, la Historia de los Héroes de la Patria (así, que no falten mayúsculas...) y no se aprovechara para hacer propaganda marxista o peronista. Cuando Ernesto se encontró con nuestra escuela y vio la dura tarea que Paula peleaba todos los días para sacar adelante sola a esos pobres chicos, se enamoró. Se enamoró de Paula y del verdadero trabajo docente. En poco tiempo recuperó su plaza de maestro y se vino al Delta a trabajar y vivir junto a nosotras. Juntos daban las clases y luchaban con los padres. Juntos se enfrentaban a las tonterías burocráticas de la delegación provin-

cial del Ministerio. Juntos se sumaron a aquella utopía que llevó a muchos jóvenes de entonces a creer que el lugar de acción de la izquierda contra la dictadura de turno estaba junto al único movimiento político que los trabajadores argentinos habían reconocido como propio: el Peronismo. Militando en la Juventud Peronista, se autoconvencieron ingenuamente de la posibilidad de que el Peronismo admitiera un ala izquierda combativa que podría imponerse frente al ala fascista y reaccionaria que controlaba el partido. Después del Cordobazo, la actividad política clandestina se intensificó y Ernesto comenzó a irse a menudo y a participar en la organización de huelgas, actos en universidades, acciones de boicot y pegadas de carteles que reclamaban a la dictadura la vuelta de Perón de su exilio madrileño. Paula lo apoyaba desde la escuela, firme frente a su puesto y asegurándose de que yo creciera y me educara como ella creía saber.

A finales del setenta y dos, cuando la dictadura se vio forzada a restituir la legalidad política y convocar elecciones, Paula y Ernesto entendieron que debían vivir muy de cerca esa etapa que se avecinaba y decidieron trasladarse a Buenos Aires, dejando su escuela de la isla a cargo de nuevos maestros que buscaron personalmente para que solicitaran el puesto. Fedra no se atrevió a opinar pero en secreto desconfiaba y temía por el futuro. Yo tenía nueve años...

Catorce

«Vosotras, las familiares,
inevitables, golosas,
vosotras, moscas vulgares,
me evocáis todas las cosas»

Las Moscas, Antonio Machado

Nos aturde la bocina de una camioneta roja cuando, de madrugada, mi madre y yo dejamos el velatorio para que ella descanse un poco. Unos tipos gritan desde las ventanillas y señalan al pobre diablo que llevan detrás, sentado en la caja, medio desnudo, pintado de añil, con cara de resignación y un cartel colgando del cuello que reza: «Mañana se casa tu Príncipe Azul». Los sigo confuso con la mirada pero me detiene una larga escalera que se apoya en el travesaño del semáforo de la esquina y en cuya altura un operario manipula las luces. Y entonces recobro un tatuaje de mi memoria donde releo, una vez más y como siempre, que *«el incesante y vasto universo ya se apartaba de ella y que ese cambio era el primero de una serie infinita»*.

La vida sigue, Renzo. Por increíble que parezca, hay que seguir.

Yo no quería un velatorio público. ¿Para qué todo ese circo, todo ese dolor expuesto, desnudo? Podíamos velarlo nosotros y cumplir los plazos legales y ahorrarnos esa agonía. Mauro dijo que haría lo que mamá dijera, pero ella no decía casi nada. Fue Carla la que se plantó, la que nos recordó que al Viejo lo quería mucha gente, que esa gente querría despedirle y que no teníamos derecho a negárselo. Aceptamos sin convencimiento y Mauro lo organizó todo para que nadie dejara de ser avisado y pudiera acudir.

Estoy aturdido. En el coche, junto a mamá, los momentos del velatorio me estallan en la cabeza como destellos cegadores.

Veo un pájaro en el cielo, esta mañana, cuando llevé a mamá a la funeraria después de que pudo, por fin, tomarse un té y un calmante y sintió que estaba preparada. Veo que bajamos del coche y que nuestro reflejo se nos acerca desde el cristal de la puerta. El vidrio está sucio. Veo que entramos en la sala sin que nadie lo note y hace calor. Veo un gentío imponente y ruidoso. Veo el ruido. Veo cómo avanzamos por un lateral e intentamos pasar desapercibidos, pero Carla nos descubre y avisa a Mauro. Veo moscas sobre unas flores mientras ellos se aproximan. *¿Se habrán posado ya esas moscas sobre vos, Viejo?* Veo cómo nos abrazamos los cuatro y permanecemos así, unidos y mirando al suelo. Veo la asquerosa alfombra color ceniza, manchada y sobada y oigo cómo, al reconocernos los otros, el bullicio empieza a ceder, a mermar y se produce un angustiante y profundo silencio que me hiela la sangre. Veo cómo se me hiela la sangre y siento, ahora, cómo se me vuelve a helar. Huelo las flores, ese olor desagradable de las flores mortuorias. Veo a Mauro que nos organiza, nos advierte, nos explica, nos conduce. Veo su pantalón impecable, su camisa blanca perfecta. Tendría que haberme cambiado los vaqueros. *Veo esa cara, Viejo, que no es la tuya y no te veo. No quiero verte.* Veo los rostros de la gente que intenta saludarnos y saludarme. Veo el paso de los años en sus rostros. *¿Lo verán ellos también en el mío?* Veo mi cara dolida y cansada. Veo lágrimas desde dentro y las veo fuera, en los demás. *Falta Alma,*

Viejo. ¿Cómo voy a encontrarla? Veo una corbata espantosa con una mancha de grasa en un borde y puedo adivinar que solo se usa en los velatorios. Veo en un rincón a uno de mis pequeños sobrinos al que no deberían haber traído a esto. Está asustado. Veo el muñeco de Spiderman que aprieta contra su pecho y al que se aferra como si este fuera a saltar de pronto y llevarlo lejos. *Llevame a mí también, Spiderman. Sacame de aquí.* Y veo en cada persona que me saluda que su gesto cambia y sonríe cuando me habla del Viejo. Veo recuerdos en sonrisas, todos gratos, todos felices. Veo sentimientos nobles, cariño, amor. Veo gente que no esperaba ver y que me revela su eterno agradecimiento por el apoyo del Viejo en momentos difíciles, apoyos afectivos y materiales que yo desconocía. *Veo que la gente te ve en mi rostro (¡cada vez te parecés más! ¡La misma sonrisa!).* También soy él, pienso triste y orgulloso. Me veo de perfil en un espejo de la pared. Tengo algo de panza. *¿Adelgazará el dolor?* Veo los últimos años, que lo golpearon tan duramente y tanto lo transformaron, y que junto a estas terribles semanas, me negaron la imagen del Viejo de siempre, de ese que ahora, generosamente, recuperan para mí los demás. *Y te veo antes, Viejo, te veo como antes. Te veo bien.* Veo cómo todo ese afecto intenta ocupar una pequeña parte del terrible vacío que siento y veo, por fin, que Carla tenía razón. Esto tenía sentido.

Del cuaderno de Alma

...y nos fuimos a vivir a una casa en Núñez con otra pareja de la JP y yo empecé a ir a la escuela del barrio. La actividad era incesante, con permanentes reuniones políticas hasta la madrugada, entradas y salidas de compañeros que llegaban y se quedaban con nosotros para irse sin aviso un par de días después, el tableteo de las máquinas de escribir y el zumbido de los rodillos del mimeógrafo que jamás se detenía.

Después de un tiempo muy intenso, de mítines electorales y campaña política puerta a puerta, llegó el triunfo peronista de Cámpora en las elecciones, y Paula, Ernesto y los otros supusieron que el nuevo gobierno traería con él la institucionalización de su estructura política, pero en lugar de eso comenzaron las presiones desde el ala conservadora del partido, las amenazas, los seguimientos, las persecuciones, los compañeros torturados y las primeras muertes. En respuesta a esta situación las armas aparecieron en la casa. Todos empezaron a formarse en las técnicas para poder responder a posibles ataques. Las pistolas se limpiaban y engrasaban regularmente sobre la mesa de la cocina. El clima de peligro y sobreexcitación pasó a ser el normal y los momentos de calma escaseaban, se hacían insólitos y, lo que era peor, intranquilizaban al grupo mucho más que el paso de un coche de policía o una llamada al timbre no prevista. Se revisaban protocolos de defensa, salidas para escapes de emergencia, puntos estratégicos de control. Se regulaban los horarios de vigilia y de descanso con una rigidez intransigente, se repasaban infinitamente las actividades de cada uno y los lugares donde debía y no debía asistir. Se estudiaban y variaban los recorridos a diario para las actividades rutinarias y hasta el camino a la panadería debía supervisarse, aprobarse y, muy especialmente, cambiarse a menudo.

Un día, al volver de la escuela, me paré enfrente de casa con una vecina que me ofreció una de las naranjas que cortaba de un árbol de su jardín. Solo me detuve a aceptarla y agradecerla pero, al entrar, el responsable de turno me armó un escándalo, a los gritos, advirtiéndome del peligro de hablar, dándome pautas de responsabilidad política y poniendo sobre mis espaldas la seguridad de todos nosotros. Yo tenía diez años y Paula creyó entonces que no debía hacerme partícipe de esa vorágine y me mandó a vivir con Fedra, de vuelta al Delta.

Y volví a Morena, al río, a mi vida conocida, al pan casero y a la huerta. Estudiaba por las mañanas en la escuela de Fedra y por las tardes hacía los deberes tumbada sobre las tablas del muelle, levitando a dos metros sobre el agua. Pero a las pocas semanas empecé a notar a Fedra nerviosa, demasiado pendiente de la radio, distraída y apesadumbrada. Por las mañanas temprano la veía que se demoraba en el muelle y hablaba muy seria con el conductor de la lancha que nos traía la leche y el correo. Cuando la lancha se iba, ella se quedaba de pie mirando el río en dirección a Buenos Aires.

Un día de finales de junio, muy de madrugada, me despertaron unas voces que venían de la cocina. Me levanté y vi por la ventana un bote amarrado a nuestro muelle y a un hombre esperando. Fui hacia la cocina sigilosa y espié. Paula había vuelto. Sentada en una silla lloraba escondiendo su cara entre las manos y Fedra la acariciaba y le hablaba con calma. De lo que entonces escuchaba solo entendí que algo malo le había pasado a Ernesto un par de días antes. Paula y él, según supe años después, se habían sumado no hacía mucho a los Montoneros y habían ido con otros compañeros a la movilización organizada en Ezeiza para recibir a Perón en su vuelta del exilio. Durante el tiroteo que se originó desde los palcos oficiales, ocupados por las facciones de extrema derecha que intentaban hacerse con el control del acto, Paula perdió a Ernesto de vista y, aunque lo buscó toda la noche, no volvió a saber de él hasta el día siguiente, cuando pasada la locura, pudo evaluarse la masacre cuya lista real de muertos siempre se creyó mayor que la oficial. Ernesto había fallecido y yo no pude llorarlo como a un padre. Nunca lo vi de esa manera ni ellos intentaron que así fuera. Aunque era la pareja de mi vieja y participaba en mi educación, para mí era solo Ernesto y hasta mucho tiempo después no fui consciente de que, con su muerte, se acabó lo más parecido a una familia que yo iba a conocer.

Quince

«¿Dónde va la gente y su corazón?
¿Dónde van los años y este dolor?
¿Y dónde voy yo? No me importa ya.
Vengo de los ríos que dan al mar»

Parte del aire, Fito Páez

Basta de Hamlet. Se acaba la función. Lejos estoy del Bardo y si sigo hablando con los muertos, *con vos, Viejo,* me verán muy pronto monologando por los rincones, con una melenita rubia y disfrazado de sota de espadas. Renuncio al espectro de mi padre, que no a su recuerdo, para intentar superar este trance de la forma más pedestre: haciendo frente a la situación, sufriendo lo necesario y tratando de entender que ya no está. *To be or not to be.*

Sentados alrededor de la mesa de la cocina, en silencio, intentamos encontrar la forma de empezar a administrar la ausencia. Lo peor ya pasó. Lo hemos dejado en el cementerio y habrá que recoger sus cenizas en un par de días.

Por alguna razón sentimos que todo se hará más llevadero estando juntos, que el tiempo pasará más deprisa. Las cosas y los otros van volviendo a la rutina: los hijos de Mauro se han ido a la playa con los otros abuelos y su mujer ha retomado el trabajo. Los amigos y el resto de la familia siguen sus actividades. Pero nosotros, mamá y sus hijos, nos hemos atrincherado en la cocina de casa, de nuestra casa de siempre, de infancia, de juegos y deberes, porque todavía debemos masticar un poco más nuestro dolor para luego, desde allí, salir afuera y seguir con nuestras vidas. Mamá mira al jardín. Mauro repasa papeles, revisa documentos. Carla se levanta y va a preparar café. Yo pienso en Alma.

Sé que la mejor forma de seguir adelante y a la vez ser fiel al Viejo es emprender su búsqueda. Además, la lectura de su cuaderno me despierta sentimientos, reflexiones, y necesito hablar con ella, agradecerle su sinceridad, su intensidad. Explicarle y que me explique. Disculparme y escucharla.

Se fue al descubrir en mi cara la noticia de la muerte del Viejo y recién entonces me di cuenta de que no conozco su dirección, de que no tiene celular, y de que no sé dónde encontrarla. Quiero verla y tratar de convencerla para hallar, juntos, la forma de seguir viéndonos, de mantener nuestro vínculo a pesar de que el Viejo ya no esté.

Pero Alma se fue como huyendo, como si esta muerte le cerrara la puerta a un bastión inexpugnable al que ya no merecía la pena seguir atacando. Como si abandonara un campo de batalla ya conocido de derrotas anteriores. Tengo que buscarla y demostrarle que ese bastión también es su lugar y que estoy dispuesto a ayudarla a entrar.

Con el cuaderno de Alma en la mano digo que necesito tomar aire, caminar. Que me voy a la calle. Simulo que estoy bien y que solo quiero estar solo. Carla alza sus ojos hacia mí y llora, intenta sonreír. Mauro me reprende con los ojos pero no se atreve a decirlo. La vieja me mira como si supiera que miento pero, a la vez, está autorizando mi huida. Prometo volver en un rato, en unas horas.

Camino y pienso. ¿Por dónde empezar? Son pocos los datos que ella me ha dado. Sé que Alma es maestra y que vive cerca de su trabajo y de la estación de Tigre. En su escuela, o en las que pudiera encontrar cerca de la estación, podrían informarme, ponerme en contacto con ella, pero es verano, todas están cerradas hasta mediados de febrero cuando empiecen a preparar el nuevo curso y, para entonces, yo ya estaré de vuelta en Madrid. Por fin en Madrid.

Madrid.

Jaime está dolido porque no quise que viniera para el velatorio. No lo entiende. Piensa que lo excluyo, que no quiero incorporarlo también a esta parte de mi vida, pero no es eso lo que siento. Tendré que esforzarme para que acepte mis razones. Mi razón, solo una: necesito preservar mi parcela de allí de todo este dolor, saber que puedo volver a un lugar a salvo de toda esta retahíla de angustias y sufrimiento que pronto acabará. Hasta ahora no he podido llorar. Ni en el hospital, ni en el velatorio, ni hoy, en el cementerio. Será en Madrid. ¿Será en Madrid? Tendrá que ser.

Pero para eso necesito preservarlos, no juntarlos con todo esto, saber que no son parte, que no son dolor. Saber que Jaime y Madrid serán mi puerto de llegada.

Del cuaderno de Alma

...el gobierno se vio obligado a renunciar, acorralado por el ala más reaccionaria y violenta del partido. Se convocaron las elecciones que Perón, casi octogenario y enfermo, ganaría por última vez, y Paula siguió viviendo en Buenos Aires. Daba clases en una escuela de barrio y seguía militando en Montoneros. Casi todos los sábados volvía al Delta y retomábamos nuestros fines de semana de amazonas solitarias. Pero nada era igual. Fedra intentaba convencerla de que volviera definitivamente, pero ella hablaba de su compromiso con la causa de la libertad y de su deber para con la memoria de Ernesto.

Al año siguiente murió Perón y una vez acabados los multitudinarios funerales, la inestabilidad, la violencia social y las persecuciones políticas, habituales desde hacía tiempo, pasaron a ser el sistema oficial instaurado. Comenzó el verdadero terror que no se detendría en casi una década.

El día que cumplí once años, Paula vino a felicitarme y me regaló una edición ilustrada de 'Alicia en el país de las maravillas' que aún conservo. Estaba muy demacrada, fumaba de manera compulsiva y, aunque quería sonreír y jugar conmigo y hacer que mi cumpleaños fuera especial, yo notaba que estaba nerviosa y todo el tiempo pendiente del muelle. Me llevó a Tigre, a tomar un submarino y distraernos un rato. Paseábamos por la calle Lava-

lle, junto al río, cuando Paula empezó a caminar más deprisa y, tirando de mi brazo, me propuso, casi imperativamente: «Juguemos a un juego de memoria, yo te digo un nombre cualquiera y un teléfono y vos lo tenés que repetir hasta que lo memorices, ¿querés?». Yo asentí sin entender y ella empezó a decirme: «Capitán Barranco, 7-6-6-5-9-7-3. Capitán Barranco, 7-6-6-5-9-7-3. ¡Repetilo!». Yo obedecía y ella aceleraba el paso, miraba para atrás y me volvía a decir, más alto ahora: «Capitán Barranco, 7-6-6-5-9-7-3». Y yo repetía: «Capitán Barranco, 7-6-6-5-9-7-3, ¡ya me lo aprendí, Paula!». Corríamos a toda velocidad cuando me di cuenta de que unos hombres corrían detrás de nosotras mientras gritábamos a la vez: «¡Capitán Barranco, 7-6-6-5-9-7-3! ¡Capitán Barranco, 7-6-6-5-9-7-3!». Entonces Paula reconoció a un lanchero que llevaba a sus hijos a la escuela de Fedra y lo llamó a toda voz. Nos acercamos al muelle, me subió de un empujón a la lancha y le dijo que me llevara urgente a Morena. El pobre hombre vio que ya casi nos alcanzaban nuestros perseguidores y empujó con mucha fuerza la lancha con un remo hacia el centro del río, puso en marcha el motor y comenzamos a alejarnos. Paula gritaba: «¡Capitán Barranco, 7-6-6-5-9-7-3!». Y yo le respondía «¡Capitán Barranco, 7-6-6-5-9-7-3!» mientras veía cómo la agarraban y la llevaban hacia un coche que frenó de golpe junto a ellos. Durante el viaje yo lloraba y repetía como una letanía «Capitán Barranco, 7-6-6-5-9-7-3. Capitán Barranco, 7-6-6-5-9-7-3», mirando atrás a cada minuto y, al llegar a Morena, salté al muelle gritando hasta encontrar a Fedra: «¡Capitán Barranco, 7-6-6-5-9-7-3! ¡Capitán Barranco, 7-6-6-5-9-7-3!». Y Fedra supo lo que tenía que hacer.

El tal Capitán Barranco le prometió a Fedra que haría lo posible pero no aseguró nada. Era un militar peronista, padre de un compañero de Paula al que ella sabía que podría recurrir en caso extremo. Paula apareció a los dos días, dolorida y con la cara amoratada. Años después me contó lo que ese día le contó a Fedra: que llevaba semanas huyendo, que estaba amenazada por la Triple A. Que los gorilas que nos persiguieron la habían subido al coche, la habían golpeado y la habían llevado a una comisaría. Nunca quiso contar los detalles de lo que padeció. Contó que esa vez ellos habían dejado escapar a su hija pero la amenazaron para que se fuera del país si no quería exponerme a mí a lo mismo que le estaba pasando a ella. Cuando la soltaron, Paula decidió sacarme de allí cuanto antes. Hacía tiempo que, alertada por la situación, había puesto en regla nuestros pasaportes y los había escondido en Morena pero, aún con todo, faltaba el dinero para financiar la huida. Fedra no podía ayudarla económicamente pero sí podía, con casi veinte años en el Delta, hacernos llevar por isleños de confianza, por la noche, en lanchas, hasta las costas del Uruguay para que, una vez allí, pudiéramos subirnos a un avión hacia... ya se vería. El problema era conseguir el dinero. No tenían familia ni gente a quienes recurrir y fue entonces cuando Paula, desesperada por salvarme, decidió jugar una carta que no sabía si daría resultados.

Se fue esa noche pero dos días después volvió a Morena. Me bañó y me vistió de punta en blanco con un vestido que yo no recordaba y que no puedo olvidar: azul, con cintas blancas cosidas en el cuello y en las mangas y un cinturón ancho, también blanco, que me apretaba la panza y no me dejaba casi respirar porque ya me quedaba chico. Me peinó como hacía años que no me peinaban, y me dijo que ella tenía que ir a ver a un señor a San Isidro por un trabajo y que me llevaba con ella para que aprovecháramos y diéramos juntas un paseo. Yo seguía asustada por lo ocurrido días antes y sentía que algo raro seguía pasando, pero no podía saber qué era. Fedra nos miraba sin decir nada, pero cuando ya nos íbamos me ajustó la cinta, también azul, que ataba mi pelo, se mojó el pulgar con saliva y me limpió una mancha inexistente de la mejilla con ese gesto que sabía que yo odiaba pero que aquel día me transmitió confianza. Fuimos en lancha hasta Tigre y desde allí en tren hasta la estación de San Isidro. En la plaza frente a la catedral me dijo que me fuera a jugar con los chicos que allí había mientras ella esperaba al señor. Me alejé desconfiada y controlé la situación entre tobogán y tobogán. Se sentó en un banco y al poco rato llegó un hombre. Recuerdo que era muy alto, serio, con unos pantalones de franela gris y una camisa blanca. Estuvieron hablando más de media hora y entonces ella me hizo señas para que me acercara.

—Alma, dale un beso al señor, que te quiere conocer.

—Hola Alma. Qué linda que sos. ¿Así que vas muy bien en la escuela? Tu mamá me contó.

— Sí... voy bien... —contesté recelosa.

—¿Y... qué te gusta más, Matemáticas o Historia? —El pobre hombre no sabía qué decirme y estaba más nervioso que Paula.

—Historia.

—Bueno, Alma, andá y seguí jugando que yo ya termino y nos vamos a tomar un submarino en una confitería antes de volver a Morena.

Al poco rato el hombre se levantó y vino hacia mí. Yo estaba en lo alto del tobogán, vigilando. Me deslicé muy despacio haciendo fuerza con la suela de mis zapatos contra las tablas laterales y, cuando llegué abajo, él estaba allí. Se agachó y me beso en la mejilla. Me acarició el pelo, se alejó un par de pasos sin dejar de mirarme y, sonriendo, me dijo adiós con la mano. Después se dio la vuelta y siguió por un sendero hacia la calle de la catedral. Ese hombre era el Viejo.

Dieciséis

«Las cosas por las que vivimos son los resplandores lejanos de alas de insectos en un crepúsculo nublado...»

El simple arte de escribir, Raymond Chandler

Y digo que la busco pero no lo consigo. Quiero encontrarla y no descubro pistas. Estoy empantanado entre la pérdida del Viejo y la huida de Alma, mi otra pérdida, simultáneas y casi consecuencia la una de la otra, como si no hubiera alternativa y esa muerte compartida en el dolor truncara la posibilidad de mantener nuestro vínculo nuevo, que acababa de empezar. Es una situación que me rebela, que no admito, pero a la que no sé cómo enfrentarme y revertir.

Voy a Tigre, recorro las escuelas próximas a la estación, pregunto a los comerciantes vecinos pero no consigo que nadie me oriente. En uno de los colegios el portero casi parece que sabe de quién le hablo, que la reconoce en mis palabras y que podría ayudarme.

—La señorita Alma... sí. Es muy buena gente y los alumnos la adoran. Sí...

—¡Sí, sí! ¡Seguro que es ella! ¿Usted puede darme su dirección o decirme cómo localizarla?

—Vive cerca.

—¡Sí, sí, seguro que es ella porque yo sé que vive cerca de la escuela! ¿Puede indicarme cómo llegar a su casa?

—Sí, pero... y... no. Yo la dirección no la sé. Vuelva en un par de semanas, que ya estará trabajando la señora directora y ella seguro que le va a ayudar.

—¡No puedo esperar un par de semanas! ¡No me entiende! ¡No puedo esperar!

Pierdo los nervios y el pobre hombre se asusta. Sé que lo he espantado y que ya no conseguiré nada pero lo sigo intentando.

—Perdóneme... ¡Por favor, perdóneme! Es que necesito verla cuanto antes. Es un asunto familiar, ¿sabe? ¿Usted no podría...?

—Y... no... Yo eso... No... yo no sé...

Cierra el portón de la escuela a mitad de su frase y me deja de pie, en la acera, con la certeza de que he desperdiciado una oportunidad única.

Vuelvo al día siguiente pero el portero ya no me contesta, ya no quiere atenderme. La puerta no se abre. Camino cerrado.

Del cuaderno de Alma

Sé que esto es una putada que te hago, Renzo, pero vos me pediste saber y te merecés la verdad. Yo no sabía en ese momento ni supe hasta mucho después que ese hombre era el Viejo. Paula me lo contó todo pasados unos años, cuando me fui haciendo mayor y quise saber de mi padre. Y ahora te lo cuento a vos.

Paula había llamado al Viejo desesperada. No sé cómo lo localizó, ni qué excusa le dio para citarse aquella tarde, pero consiguió que él acudiera. Tal vez el Viejo se imaginaba algo; tal vez en su momento tuvo indicios o fantaseó con la posibilidad. Paula no lo había vuelto a ver ni sabía cuál era su vida, ni su situación económica, ni si él la creería una mentirosa o se negaría a escucharla. Incluso podría denunciarla. Pero el Viejo la escuchó. Me vio. No dudó de que yo fuera su hija como tampoco dudaste vos en cuanto me viste. Dijo que no tenía una buena posición económica pero que trataría de ayudarla, que le diera unos días. Se citaron tres días después y Paula volvió de esa cita con un sobre con el dinero suficiente para que, sumado al poco que tenía Fedra, se pudieran pagar nuestros billetes de avión de Montevideo a Madrid y un poco más para los primeros gastos. No le preguntó de dónde había sacado el dinero ni él se lo contó. El Viejo le dijo que era todo lo que podía hacer y le pidió que no lo acosara, que no lo obligara a enfrentar a su mujer con esa realidad ni a temer la posibilidad de perder a su familia. Paula lo tranquilizó y le agradeció lo que hacía por ella casi sin conocerla. Él le contestó que lo hacía por mí.

Antes de irse, el Viejo le dijo que si yo alguna vez le preguntaba por él y quería conocerlo, que no me mintiera, que para entonces él estaría preparado para encarar la situación. No volvieron a verse nunca más.

Esa misma noche dejamos Morena e hicimos una larga travesía por ríos y arroyos secundarios, en varias canoas y lanchas coordinadas por Fedra. De aquella noche recuerdo la obligatoriedad del silencio, el solo ruido de los remos acariciando el agua, y el abrazo en el que Paula me mantenía sujeta, cubiertas ambas por varias mantas y tumbadas en el fondo húmedo de cada canoa y lancha que alternamos para despistar. Ateridas y aterradas. Fedra iba en silencio, sentada detrás del remero, ignorando que esa era la primera de una larga cadena de fugas que a partir de ese día comenzaría a organizar. La soledad y el aislamiento de Fedra, sumados al profundo respeto que se le tenía en las islas, fueron un arma imbatible para que se transformara en salvadora de muchos compañeros de Paula, perseguidos camino del exilio. Nunca sospecharon de ella ni ella reclamó laureles.

De madrugada desembarcamos en una playa del Uruguay y, casi sin tiempo, nos despedimos de Fedra. La recuerdo alejándose por el río, en la canoa, firme, sin una lágrima, y pensando, seguramente, en nuestro retorno.

Pasarían varios años hasta que me encontrara de nuevo frente a este río.

Diecisiete

«...es poéticamente
como el hombre habita esta tierra...»

Friedrich Hölderlin

—¿En la quinta de tía Juliana?

—No se me ocurre otro sitio. El Viejo la quería mucho y tenía buenos recuerdos de ese lugar desde chico y... bueno, no sé. Es mejor que tirarlo al río o dejarlo que se vuele con el viento en el campo, ¿no?

—Sí, pero... ¿quién le pide permiso a la tía?

La burocracia funeraria parece no acabar nunca. Recogemos la urna y hay que decidir. Mi madre cerró su escasa participación en el tema el día que lo dejamos en el cementerio y dijo que diéramos nosotros los pasos siguientes. El Viejo no era un místico y mucho menos un mitómano, así que no es fácil elegir el lugar donde enterrarlo. Nunca expresó deseos de ser tirado al mar o a las aguas de ningún río, nunca mostró un particular apego por un paisaje o un sitio, no tenía aficiones especiales que nos orientaran. Además, ninguno de nosotros es aficionado al culto a los muertos como para tenerlo en un estante del comedor de su casa. Es Carla, una vez más, la que sugiere una solución. El problema es que la tía Juliana tiene más de noventa años, está muy afectada por la muerte de su sobrino y ninguno se anima a pedirle que nos permita enterrarlo en el jardín de su quinta de Escobar. Lo sorteamos y me toca el premio.

—Mejor, tía. De a poco ella se va haciendo a la idea. Todos nos vamos haciendo a la idea poco a poco, no solo mamá.

—Lo voy a extrañar.

—Sí, tía, todos…

—¿Qué?

—¡Que sí, tía! ¡Que todos lo vamos a extrañar!

—No oigo nada, hijo. Entre este teléfono, que tiene más años que la tos, y yo que estoy medio sorda.

—No, tía, no digas eso.

—¡¿Qué?!

—¡Que no digas eso!

La tía casi no me oye y yo casi no me animo a hablar. Doy vueltas para enfrentar el asunto y tengo miedo de que se impresione o se ofenda o, no sé, que le dé algo.

—Tía… habíamos pensado… no sé… si no te parece mal…

—Ahora te escucho mejor, ¿ves? Debe de ser la línea.

—Habíamos pensado que al Viejo le encantaba la quinta y que tenía tantos recuerdos de allá desde siempre que…

—Sí, desde chico le encantaba pasarse allá los veranos.

—Bueno… queríamos pedirte… ¿Me oís, tía?

—¡Te oigo, te oigo! ¿Lo quieren enterrar ahí?

Me sorprende con su certeza. No esperaba que se adelantara a nuestro pedido.

—Eh… bueno… sí, eso. Eh… si no te parece mal.

—Claro, hijo, ¿cómo me va a parecer mal? ¡Con lo que yo lo quería!

—Entonces…

—Junto al almendro, detrás del cantero de los rosales. Sabés dónde te digo, ¿no? Justo detrás de los rosales.

—Sí, tía, claro. ¿Ahí te parece bien?

—Sí, ahí, pero...

—¿Pero?

—...pero a la derecha, ¿viste? Bien a la derecha pónganlo, porque a la izquierda está mi amiga Pepa y el marido de mi prima Ana, pobrecito. Y justo delante enterramos las cenizas de la mamá de Hilaria, cuando la tuvo que sacar del cementerio hace... Bueno, no sé cuánto hace. Y por ese lado había alguien más también, pero no me acuerdo a quién enterramos por ahí delante. Así que ustedes pónganlo bien a la derecha. Avisame cuándo venís a buscar la llave y te preparo unas galletitas de las que te gustan, ¿querés?

La tía Juliana tenía organizado un cementerio clandestino junto al almendro de su quinta de Escobar y ninguno lo sabíamos. Durante años había inhumado cenizas de amigos y parientes suyos alrededor de aquel almendro, a cuya sombra dormíamos la siesta algunas tardes de verano, cuando la visitábamos y el Viejo la homenajeaba con un asado de los suyos pero, en esas ocasiones, de visitante.

Vamos los tres hermanos. Mauro al volante, Carla detrás, con la urna sobre su falda, y yo de copiloto. Entramos a la quinta y nos dirigimos directamente hacia el almendro. Elegimos el lugar, buscamos un par de palas en el *garage* y cavamos un pozo, no muy profundo. La urna dista mucho de parecerse a las de las películas, esos vasos funerarios de bronce, altos y con tapas historiadas. Esta no es más que una caja de plástico gris con los bordes redondeados, del tamaño de una caja de zapatos de niño y está sellada. No queremos enterrarlo con un envase, claro. Queremos dejar sus cenizas en la tierra. No es fácil abrir la caja y, cuando por fin lo conseguimos haciendo palanca con un destornillador, nos encontramos con que las cenizas están, a su vez, en una bolsa de plástico negro, grueso... sellada. Estamos alrededor del pozo, a la derecha del almendro, como nos indicó la tía Juliana, y queremos enterrarlo, pero el envase no cede y nos lo vamos pasando para intentarlo aunque no conseguimos rasgarlo. Finalmente vuelve a mis manos para otro intento y, en un acto inconsciente para mí, y que seguramente daría para seiscientas sesiones de psicoanálisis, muerdo una esquina de la bolsa y tiro de ella consiguiendo que se rompa y, mientras siento que el polvillo se mete en mis labios y en mi nariz, consigo, con dos malabares, embocar el grueso de las cenizas en el pozo que hemos cavado pero no puedo evitar que el viento se lleve una buena parte hacia los pantalones y la camisa de Mauro y el pelo de Carla. Mauro vocifera su certeza sobre mi eterna y recurrente pelotudez; yo intento despegar de mi lengua y expulsar de mi nariz ese polvillo paterno mientras mando a Mauro a la mismísima mierda; Carla se acaricia el pelo y se mira luego las palmas de las manos con los ojos muy abiertos y, cuando parece que va ponerse a llorar, nos mira fijamente y empieza a doblarse en unas carcajadas que inmediatamente nos contagian y acabamos los tres riendo y abrazados en torno a la que será la tumba del Viejo. Es una ceremonia mejor de lo que esperábamos. Al Viejo le habría divertido.

Del cuaderno de Alma

...en un par de días Paula resolvió los temas administrativos en Montevideo y nos vimos en un avión camino de España, con algo de ropa en una maleta, un papelito con la dirección de Madrid de un amigo del barrio que Ernesto le había dado a Paula hacía tiempo «por si acaso» y un miedo helado y pegajoso que no nos abandonaría durante varios meses.

Como imaginarás, yo no era consciente de que todo ese lío se había montado para alejarme del peligro y aunque ni Paula ni Fedra me contaron milongas edulcoradas de lo que pasaba, mis pocos años me impedían establecer una dimensión aproximada de lo que vivía ni el tremendo cambio que supondría en mi futuro. Pero en mi corta historia ya me había empapado de ese instinto de supervivencia del que había sido testigo permanente y que tanto me serviría en el tiempo por venir.

El amigo de Ernesto se llamaba Tomás y llevaba cinco años en Madrid. Se había ido de Buenos Aires para no enfrentar a su familia con su realidad sexual y vivía en el barrio de Carabanchel con Aitor, su compañero vasco. Nos recibió en su casa sin preguntas y sin condiciones. Era una casita blanca de dos alturas con un pequeño y descuidado jardín lleno de sol y en la planta baja tenía un local donde funcionaba una mezcla de papelería, librería escolar y estanco de tabaco que Tomás había abierto hacía un par de años y que se había transformado en el punto de encuentro de los vecinos y los niños y donde, entre cigarros, caramelos y lápices, se debatía el futuro de esa España que ya intuía la inminente muerte de Franco y se preparaba para un futuro incierto pero esperanzador.

En poco tiempo nos hicimos al barrio. Oficialmente éramos prima y sobrina de Tomás, pero a las vecinas les tranquilizaba más pensar que Paula era su amante y no dejaban de hacerse guiños, dejar caer frases cómplices y de esa manera olvidarse de que él y Aitor llevaban tres años viviendo allí solos y juntos y que jamás habían llevado a ninguna mujer con ellos.

Paula y yo nos ofrecimos a hacer lo que sabíamos: transformamos el jardín en un huerto como el de Fedra y con eso aliviaríamos mucho los gastos de comida. Empezamos cultivando lo conocido: tomates, lechugas, cebollas, zanahorias, pero lentamente fuimos incorporando la huerta española con espárragos, calabacines, ajetes, pimientos y no tardamos en plantar un naranjo que en mayo, cuando florecía, perfumaba toda la casa de azahar. Paula se puso a dar clases de apoyo a los estudiantes del barrio y yo, cuando no estaba en el colegio, ayudaba en la tienda, y en la casa. Aitor era artesano y hacía collares, pendientes y pulseras que distribuía por locales del centro y en un par de puestos del Rastro, donde ellos conocían a mucha gente. Allí, en el Rastro, con una canasta primero y luego en un puesto compartido en una esquina, empezamos a vender el pan que Paula horneaba por las mañanas, cuando no daba clases, y que, como gustaba mucho a la gente y nos preguntaban qué tipo de pan era, lo bautizamos como «Pan de Fedra».

En pocos meses nuestra vida cambió por completo y gracias a la generosidad y la camaradería de Tomás y Aitor, nos vimos pronto acogidas en otra ciudad, en otra casa y con otra gente y habríamos podido olvidar fácilmente todo lo anterior si no hubiera sido porque la falta de Fedra nos angustiaba y porque la incesante llegada de compañeros de Paula y Ernesto huyendo del horror nos mantenía al día de lo que pasaba en Argentina. Las reuniones y debates se empezaron a hacer frecuentes y yo participaba como una más a pesar de mi edad. No decía nada, pero escuchaba y registraba todo. Aitor no solo toleraba esa invasión sino que la alentaba, ya que muchas veces eran jóvenes vascos, amigos y compañeros de su infancia en Guipúzcoa, quienes pasaban por allí y el nacionalismo vasco y la lucha abertzale eran otros de los temas debatidos, sobre todo después de que ETA hubiera ejecutado, hacía más de año y medio, a la mano derecha de Franco, el general Carrero Blanco, y de esa manera se habría puesto uno de los puntos finales al régimen.

Dieciocho

«Llega tu recuerdo en torbellino,
vuelve en el otoño a atardecer
miro la garúa y mientras miro
gira la cuchara de café»

El último café, Cátulo Castillo

Entro al Otro Mundo como a otro mundo. Los pocos días transcurridos me parecen años y se me hace difícil reconocer que nada haya cambiado en el bar «en todo este tiempo». Estoy parado en el medio de la sala y miro hacia el rincón de la barra donde estaba cuando Mauro me dio la noticia. Giro la cabeza buscando nuestra mesa de la ventana. Mía y de Alma. Ahora la ocupan dos muchachos que se ríen cómplices. Uno es un médico del hospital, con su delantal desabrochado y la cara cansada. El otro parece estar tomándole el pelo y el médico sonríe, resignado, a la burla. Mientras me quedo mirándolos, inconsciente, escucho la música y la reconozco. Son Salgán y Delío bordando *Aquellos tangos camperos,* piano y guitarra a secas. Tiene que ser una versión reciente porque se notan los años en las viejas manos de los maestros, el ritmo algo ralentizado respecto del que mi memoria tararea siguiendo esa otra versión, tal vez demasiado perfecta, de Baremboim, Mederos y Console que me espera en Madrid. Y la escena es un tópico de Buenos Aires: un bar mugriento de barrio, un tango clásico sonando de fondo, mi angustia, mis recuerdos y la vida que sigue en otra mesa.

—Se van enseguida, jefe. Ya me pidieron la cuenta.

La voz del mozo interrumpe mi delirio. Asiento y voy

a acodarme en un extremo de la barra y el dueño del bar me mira pero no me reconoce, soy uno más de los cientos de clientes. Ojeo distraído las portadas de algunos periódicos de estos días pasados, apilados al descuido sobre el mostrador, esperando ser basura: «Default», «Devaluación y Desdolarización», «...y quien depositó dólares recibirá dólares...», «Aprobada la Ley de Emergencia Económica», «La Corte avala el corralito», «Pesificación de deudas», «Trajeron insulina de Brasil y se distribuirá gratis», «Ya hay aumentos de precios», «El corralito es una bomba: si explota, nadie cobra un peso», «Nuevos ataques a sucursales bancarias», «Vuelven los cacerolazos»... Levanto la vista de los diarios y veo que los muchachos se van y el mozo me indica desde la mesa, a la que simula limpiar sacudiéndole ampulosamente una servilleta grande y sucia, que ya me puedo sentar. Silencioso me acerco, me siento y le pido un café con el clásico gesto porteño de la mano.

—¿Otra vez por acá, jefe? Me alegro de volver a verlo, ¿eh? —se esmera el camarero.

—Qué tal, qué tal... —respondo impersonal e ignorante de que este hombre hubiera, alguna vez, registrado mi existencia.

—¿Le voy pidiendo el submarino para ella también, como siempre, o esperamos a que llegue para que no se le enfríe? —Y su certeza de continuidad me desorienta y por un momento tengo la sensación de que todo ha sido un sueño, de que Alma va a entrar por la puerta de un momento a otro y de que el Viejo sigue agonizando allí enfrente.

—No... esperamos.

Miro hacia el hospital. Acabo de visitar a las enfermeras

y a los médicos de guardia como a viejos conocidos. Con la excusa de saludarlos y de darles mi agradecimiento, aproveché para preguntarles si alguien había estado por allí interesándose por el Viejo, alguien que no se hubiera enterado de su muerte, claro. Ante la incertidumbre terminé preguntando con detalle por una chica parecida a mí, con el pelo muy largo... No vieron a nadie así, no, pero el que sí ha estado es «el señor Mauro», con bombones para las enfermeras, vinos para los médicos y algunos insumos para la unidad del hospital. También me los agradecen. Mauro los dio en nombre de toda la familia.

El camarero vuelve con el café.

—Su cafecito. ¡Hay que tener ganas para tomarse un submarino con este calor, ¿eh?! ¿No le parece, jefe, eh? ¡Yo no me tomo un submarino ni en invierno!

—Bueno... son gustos —comento ausente y, viendo que me asocia todo el tiempo a su recuerdo de Alma, lo retengo agarrando de repente su muñeca y pregunto—: ¿Vino por acá? —Y el camarero me mira confundido mientras indico con el mentón a la silla vacía al otro lado de la mesa—. Ella... ¿vino? ¿Usted la vio?

—Eh... No, jefe, no... Eh... Estos días que usted dejó de venir ella tampoco vino, ¿eh? Bueno... Yo no la vi, por lo menos —señala la puerta para que le suelte la muñeca—. Acá entra y sale gente todo el tiempo... Por lo del hospital, ¿vio? A lo mejor vino y yo no la vi, jefe. No sé.

—Está bien, está bien... Gracias. Y póngame también un whisky.

Decido esperar unas horas, las mismas horas en las que solíamos encontrarnos aquí, en el Otro Mundo. Mientras tanto, vuelvo a su cuaderno.

Después de cuatro o cinco horas de espera inútil, de repasar su relato, de pensar por dónde seguir, decido dejar el Otro Mundo. Estoy borracho y creo mejor pasear un rato antes de volver.

—¿En serio que no quiere comer nada, jefe?

—No, no. El último y la cuenta, que ya me voy.

Camino por el Bajo, hasta la Facultad de Ingeniería. Es una noche tranquila, luminosa aunque el alumbrado público esté apagado desde hace días. La calle está casi desierta y solo de cuando en cuando me aturden los motores exigidos de los colectivos que pasan dando tumbos sobre el empedrado. Frente al monumento del Canto al Trabajo recorro un muro pintado con grandes letras que leo, una a una, mientras avanzo: «¡Que se vayan todos!». Miro hacia la facultad y trato de imaginar cómo se vería ese imponente edificio cuando allí funcionaba la Fundación Eva Perón, rodeado día y noche de colas de gente necesitada que acudía a pedir trabajo, ayuda, estudios, con la promesa de que serían escuchados. Imagino también las mismas colas, un par de años más tarde, en el mismo lugar y para ver también a Evita, pero esta vez muerta y embalsamada a pocos metros de aquí, en la sede de la CGT de la calle Azopardo. Esperanza y desesperanza en el mismo lugar y por la misma gente. Antes y ahora. ¡Que se vayan todos! Cruzo la avenida Independencia. Paso frente al Viejo Almacén. Dejo atrás a varios cartoneros arrastrando sus carros de supermercado y empezando su ronda nocturna de recogida. Bordeo San Telmo por la calle Balcarce, *boites* de tango, viviendas y oficinas. Arquitectura desordenada. Suenan campanadas, es medianoche pero… ¿qué hora dan los relojes que funcionan cuando nada funciona?

Giro por Moreno y enfilo hacia la avenida 9 de Julio. Un par de hombres y mujeres y algunos niños montan guardia en la puerta de un restaurante barato. Parecen una familia. Cuando llego a la puerta sale un señor, tal vez el dueño, a repartir bolsas con restos de comida que ellos, ansiosos, empiezan a devorar según se alejan unos metros. Observo al hombre. Él también me mira y se ve obligado a explicarme:

—Antes se comían todo mezclado con la basura y la desparramaban por la calle para separar lo que querían y lo dejaban todo hecho un asco. Ahora separamos adentro la basura de los restos de comida para que, por lo menos, no se intoxiquen, ¿vio? Y no ensucien tanto.

Me horroriza esa lógica fatalista en la que todos se han sumergido desde hace unos años. Se asume como inevitable que miles de personas, hasta ayer trabajadores, se vean obligados a comer de la basura y se cree un mérito, un acto de altruismo, que los restaurantes la clasifiquen antes de sacarla a la calle. La obscenidad de la perversión económica trastoca valores, corrompe morales, pudre la convivencia. El sistema que no es capaz de dar soluciones se enorgullece de planificar la miseria para que no ensucie ni entorpezca la vida de los pocos elegidos y de los que aún no han caído derrotados. El gobierno organiza, desde hace meses, el traslado de los cartoneros en trenes gratuitos desde el extrarradio para garantizarse que lleguen tarde por la noche y ya se hayan ido por la madrugada. A esos trenes de la vergüenza los han bautizado oficial e irónicamente como «Trenes Blancos». Blanco de maquillaje. Blanco de payaso. ¡Que se vayan todos!

Del cuaderno de Alma

...porque en el exilio, el tiempo parece detenerse. Se sigue una vida artificial, inventada, un remedo provisional de vida que intenta reemplazar a la verdadera, la suspendida, la vida que quedó en un limbo lejano y que se espera retomar cuando el delirio de la ausencia forzosa, la ausencia propia y la de los que uno no desea ausentes, llegue a su fin, por fin.

Cumplí trece años en el setenta y seis. El golpe de Videla intensificaba el aquelarre sangriento y los compañeros exiliados pasaban siempre por «La Casa de Carabanchel», como se la empezaba a conocer en Buenos Aires en algún círculo de perseguidos. Algunos se quedaban un par de días hasta encontrar otra ubicación y otros venían solo a traer cartas, paquetes, noticias.

En los siguientes tres años asistí regularmente a los relatos de los exiliados. Supe de las persecuciones y las torturas. Supe de sus vidas antes de la huida, en la clandestinidad, y de las órdenes que recibían de su Conducción Nacional, cómodamente expatriada en México. Órdenes que les forzaban a mantenerse en lucha y a llevar siempre con ellos, obligatoriamente, una cápsula de cianuro para no ser capturados nunca con vida. Suicidarse era una orden, no una opción. Un día hasta pude ver una de esas cápsulas sobre la mesa de casa. Supe de los desaparecidos y de lo que luego se conocería como los vuelos de la muerte. Vi en las caras de aquellos idealistas el drama del exilio, el mismo drama que veía todos los días en Paula y que no era capaz de reconocer en mí misma. Les vi dudar de su propia suerte, sentirse indignos por haber salvado sus vidas, temer que les creyeran traidores por haber sobrevivido, despreciar a aquellos cuya traición se descubría. En aquel grupo de desterrados vivir era sospechoso, pero igual de sospechoso era estar muerto. Salvo aquellos caídos públicamente y cuyo asesinato se había podido corroborar, los otros muertos, los que no habían sobrevivido a la tortura y al cautiverio, podían estar vivos y ser parte del limbo colaboracionista que algunos fugados habían denunciado al conseguir escapar. ¿Y estos huidos? ¿Cómo lo habían conseguido si era una hazaña casi imposible? La desconfianza permanente en lucha intensa con la necesidad de agruparse, de reconocerse, de compartir las terribles experiencias llevaban a todos ellos a un estado de inseguridad agotador. El siniestro plan de la dictadura, lejos de acabarse con el secuestro, la tortura y el asesinato, extendía sus tentáculos en aquella incertidumbre del exilio.

Yo callaba y escuchaba.

Inconscientemente, me sentía cada vez más desbordada por aquel horror que creía mi obligación compartir pero que, por otro lado, me impedía hacer la vida que intuía que tenía derecho a disfrutar. Empecé a preguntar. Quería conocer las entretelas de mi historia porque sospechaba que me faltaban datos y que hasta ese momento no había podido participar en las decisiones que me afectaban. Paula me contaba a medias. Fue en el momento en que apareció un personaje singular entre aquellos exiliados cuando mi rebeldía adolescente se manifestó y consiguió alejarme de aquel entorno. Se llamaba Pedro, aunque también había que llamarlo Jacinto, Pancho o el Gato. Se presentó una mañana del invierno del setenta y ocho y enseguida descubrimos que la militancia y la clandestinidad de los recientes años que había pasado escondido y huyendo se le habían hecho carne y no podía vivir en Madrid sin ocultarse, cambiando de identidad y domicilio y manteniendo los procedimientos de desorientación que habían sido su rutina de supervivencia. En poco tiempo aprendimos a reconocer sus identidades y Paula intentó aleccionarme para que solo le llamara Pedro cuando se presentaba con su calva y unos quevedos dorados, pero que era Jacinto si llevaba una melena castaña que a mil metros se notaba falsa, Pancho cuando le crecía un mostacho repentino y el Gato si acudía de noche y con gafas de sol. Fue demasiado para mis quince años. Me negué a seguir aquel juego que me parecía de locos y empecé a huir de todo aquello, a faltar de casa y aparecer solo para recobrar fuerzas, discutir con Paula y volver a desaparecer por varios días. Me junté con chicos algo mayores participando y disfrutando del desenfreno y la ebullición de ese Madrid que se desperezaba de décadas de muermo sin mirar atrás, sin pararse ante nada, y que me permitía evadirme de mi realidad a la que ya no era capaz de soportar. Me sentí muy cercana a aquella juventud madrileña que se negaba a seguir revolcándose en las miserias del franquismo y reclamaba su derecho a crear un espacio propio que no supusiera la complicidad con el pasado pero que a su vez le permitiera crear un futuro separado de las justas reivindicaciones que sus padres estaban protagonizando. Toda aquella efervescencia derivó un par de años después en la famosa Movida madrileña pero, por el camino, también fue acompañado por el imperio de la heroína, que se hizo el condimento diario y que se llevó a buena parte de aquella generación. Varios de mis amigos de entonces murieron de sobredosis o de los estragos irreversibles del puto jaco. Yo tal vez me salvé por ese instinto que me había inoculado mi propia realidad y que hizo que entrara solo puntualmente en el juego de la droga y me mantuviera como espectadora activa después de que algún chute me sacara de circulación un par de días y de que Manu, el chico con el que salía, apareciera una madrugada tirado en los baños de la estación de Atocha con una jeringuilla pinchada en el brazo.

Diecinueve

«Si hay una clase que conozco y repudio
es la clase media, a la que pertenezco,
y que se define por su capacidad
de sometimiento y traición»

Guillermo Saccomanno

El relato de Alma me desborda. Estuve semanas entreteniéndola con mis rollos familiares y mis cuentitos de niño mimado y ella tuvo la decencia de no reírse de mí, de no refregarme su historia en la cara, de aguantar mis parrafadas sin enseñarme cuánto había sufrido ella, cómo había sufrido la gente que de verdad había sufrido en este país. Soy otro de esos de los que se llenan la boca defendiendo lo que ahora debe defenderse pero que sabe, lo poco que sabe, porque lo ha leído, porque se lo han contado. No me ha golpeado la realidad, no me ha lastimado como a ella. He flotado, junto a los míos, en mi entorno inmediato, en corrientes cálidas, cómodas y conocidas, y nos hemos permitido llamar tempestades a las ondas que generan unas simples piedras en el agua. Somos pura clase media. Nuestras dificultades domésticas, exageradas y sobrevaloradas, se desarman como arcilla frente al dolor real y el desgarro de las experiencias de aquellos que sí pusieron el pecho. Nos han hecho creer, y nos gusta creérnoslo, que somos parte del pueblo protagonista de la Historia y, en realidad, ni siquiera llegamos a papeles secundarios, apenas sí habitamos los suburbios más alejados de su centro, los arrabales de la realidad, la periferia de la verdad. Esquivamos el compromiso, especialmente cuando es a vida o muerte, y asumimos la contienda cuando el fuego ya ha pasado, cuando ya no hay riesgo, cuando ya es demasiado tarde. Las medias tintas son nuestra placenta; el qué dirán, nuestro credo; el no te metas, nuestra filosofía. Pura clase media.

Del cuaderno de Alma

Paula veía que me escapaba de entre sus manos pero, aunque lo intentaba, no era capaz de ejercer una autoridad o imponerme unos límites en los que ella nunca había creído. La década de los setenta se acababa y yo corría desbocada viviendo al día y sin futuro concebible cuando Tomás y Aitor decidieron tomar cartas en el asunto. Ellos eran las únicas personas a las que yo excluía de aquel entorno de exilio y asfixia del que, sin conciencia certera, sentía que debía huir. Los veía siempre seguros y juntos. Eran para mí la referencia sensata, la imagen de cotidianidad placentera y protectora que Paula no podía brindarme porque apenas podía sobrellevar su propia situación.

Viendo a Paula impotente decidieron hablar conmigo. No me interrogaron porque no lo necesitaban. La situación era evidente. Pero tuvieron la habilidad de enfrentarme con la imagen de mi vieja desarmada, me dejaron caer tres o cuatro indicios de mi supervivencia gracias al esfuerzo y al sacrificio de Paula y consiguieron que sintiera que no estaba valorando mi propio potencial y mis facultades.

Y yo hui más lejos. No porque no causara efecto la advertencia sino porque fui incapaz de mirar a Paula a la cara. Con dieciséis años me escapé haciendo dedo hasta Valencia con dos colegas de mi mundo y de ahí crucé en ferry a Ibiza colada en el coche de unos chicos que conocí en el puerto.

Trabajé en un bar de aquella Ibiza increíble durante un par de veranos y el resto del tiempo fui una especie de guardesa y jardinera en la casa de unos ingleses, en la playa, cerca de San Pedro. Por teléfono y por carta fui parcheando mi relación con Paula y cuando, meses antes de cumplir los dieciocho, volví a Madrid con el dinero suficiente para un billete de ida a Buenos Aires, ella me recibió sin rencores, orgullosa de mi fortaleza y decidió que, antes de que me fuera, respondería a todas mis preguntas y completaría los retazos de historia que hasta entonces se había reservado. Ya era hora.

Veinte

«Su anillo lo inmuniza contra el peligro,
pero no lo proteje de la tristeza.
Surcando la galaxia del Hombre,
ahí va el Capitán Beto, el errante»

El anillo del Capitán Beto, Luis Alberto Spinetta

Anoche soñé que volvía a Madrid. Hace doce años que dejé Buenos Aires y en todo este tiempo nunca me he ido de allí más de tres semanas. Volver a Buenos Aires ya no es volver, es ir. Madrid es mi lugar, allí está mi vida. Pero anoche soñé que volvía a otro Madrid, a un Madrid mío y ya pasado que no podría recuperar aunque quisiera: mi primer Madrid, el Madrid de mi llegada. Soñé que volvía a aquella ciudad que me recibió con los brazos abiertos y las pelas escasas. Mi Madrid de los noventa al que llegué con un par de amigos después de un mes viajando por Europa en Inter Rail, durmiendo en albergues o en los propios trenes y visitando, mochila al hombro, los lugares que habíamos conocido estudiando o escuchando a los abuelos. Esa Europa fascinante a la que nos mintieron que pertenecíamos por historia y derecho y de la que tan lejos nos veíamos al recorrerla.

Pero vuelvo a mi sueño. Soñé que estaba otra vez en aquel piso compartido por Cuatro Caminos, cerca de la estación del metro Alvarado, donde convivíamos cinco amigos argentinos, universitarios, llegados por los motivos más diversos, todos «ilegales-sin-papeles» que trabajábamos por horas en despachos profesionales afines a nuestros estudios, o en el *telemarketing* que acababa de iniciarse o en cualquier empleo temporal. En aquel piso de Alvarado éramos como cinco náufragos: Marcelo, César, Andrea, Armando y yo. Nos organizábamos por tareas de adjudicación rotatoria, con horarios programados y compras en hipermercados de dos por uno. De lunes a viernes se comía en casa, ya que las absurdas dos horas que «se toman los gallegos para comer» nos permitían, abono de transporte mediante, volver a mediodía y ahorrarnos el pagar un restaurante. Se cenaba también en casa y siempre se seguía el estricto menú que nuestra economía nos permitía, reciclando las sobras, estirando los víveres. Los miércoles comíamos pollo, por lo tanto los jueves se hacía un caldo con la carcasa y, ante la peregrina sorpresa de que hubiera sobrado algo de carne, se aprovechaban esos restos en una salsa para espaguetis que pomposamente llamábamos «Principe di Napoli» (pronúnciese «prínCHipe», como decía nuestro *chef Marcelo*). ¡*Bocatto di cardinale*! Esta *lógica* gastronómica nos facilitaba las previsiones de gastos y hacía menos incierta la cotidiana tarea de contar los duros que nos quedaban para llegar a fin de mes.

Aquellas cenas albergaban también el momento de organizar las tareas domésticas, de contarnos las anécdotas laborales o los hallazgos que cada uno aportaba de aquello que nos ofrecía esa ciudad que descubríamos día a día y entre todos. Madrid era un desafío y teníamos que apoyarnos los unos en los otros cada vez que alguno tropezaba o era invadido por la tan porteña nostalgia. Era en aquellas cenas cuando César nos contaba a menudo cómo había vuelto a pararlo la policía en la calle para pedirle el pasaporte de malas maneras. A los demás nunca nos pasó pero, claro, él era el único de los cinco con rasgos «latinoamericanos», en el infame sentido policial del término. En esos momentos había que juntar fuerzas para apuntalar al golpeado y hacerlo desistir de la tentación de abandonar y volverse *a casa*.

Europa aún tenía fronteras físicas (las otras existirán siempre) y cada tres meses estábamos obligados a salir de España en un viaje de turismo forzoso que nos permitiera conseguir la renovación de la visa de turista por otro escaso período. Portugal y Marruecos eran los destinos habituales, pero más allá de buscar la forma más barata y rápida de salir había que asegurarse, contra viento y marea, de que la frontera elegida nos garantizara el preciado sello en el pasaporte al volver. Las fronteras con Francia eran un riesgo que no podía correrse, ya que la mitad de las veces dejaban pasar los coches sin pararlos o, aunque subían al autobús revisando pasaportes, los putos gendarmes se dejaban el sello en la garita. ¡Cabrones! Aquellos viajes no eran de placer, pero conseguíamos disfrutar de ellos a pesar del sentimiento de pertenencia vulnerado y la sensación de estar escapando de algo. Por suerte existe Portugal, cercano y acogedor. Maravillosa Lisboa.

En aquellos primeros meses, Madrid era para mí un conjunto desarmado de sitios que aparecían milagrosamente al salir de una boca del metro. Un gran rompecabezas incompleto cuyas piezas se unían por una línea de trazos subterráneos. Lo que pasaba entre Cuatro Caminos y Tribunal era tan misterioso como lo que habría entre Bagdad y Ulán Bator. El puzle se fue completando a medida que mi vida se fue haciendo a la ciudad.

A pesar de estar instalado, trabajando e incorporado a una nueva rutina, tardé muchos meses, tal vez un par de años, en comprarme un libro o unos zapatos sin pensar automáticamente lo que abultarían en la valija o cuánto aumentarían el peso permitido en un hipotético vuelo de retorno.

La presencia de la familia se hacía más necesaria de lo que habría supuesto antes de mi viaje. El correo no daba sensación de inmediatez, de cercanía, y llamar por teléfono era carísimo. Pero una vez metido en la realidad del exilio no dudé en recuperar el contacto mediante llamadas ilegales. Hoy parece un absurdo, pero en aquella época se leía cada pocos días en el periódico que se había desarticulado otro locutorio clandestino en un piso de Madrid o Barcelona. Escondidos y sórdidos, esos antros eran la única manera que teníamos de sentirnos cerca de nuestra gente. El procedimiento, aunque patético, no dejaba de tener algo de película. Para concertar una cita en el locutorio al que solía ir, había que llamar a un número de teléfono y pedir hablar con Caridad. Entonces una voz masculina preguntaba cuándo querías asistir, cuánto tiempo ocuparías y si sabías dónde estaban «ahora», porque cambiaban de domicilio regularmente y cada tres o cuatro semanas alguien te pasaba el nuevo teléfono de contacto de Caridad. Caridad, un nombre irónico para una actividad ilegal, pero lo cierto es que a nosotros, ilegales también, nos hacía un favor casi caritativo. Asistías a la cita programada, tocabas el portero y el zumbido de la puerta te abría paso sin más preámbulos. Eran pisos siempre interiores, con las ventanas siempre cerradas y las persianas siempre bajadas, situados en una planta baja o primera a lo sumo, para evitar el trasiego por la escalera que despertara las sospechas vecinales. Pisos vacíos en los que en cada habitación solo había un teléfono en el suelo y una banqueta donde sentarse. Era habitual cruzarse con alguien que salía llorando la Distancia, o escuchar los gritos de otro que discutía de dinero con su familia. Se pagaba al salir, por si la nostalgia y el cariño familiar te demoraban y ocupabas más tiempo del pactado. Mi madre cuestionaba cada vez si aquello no era peligroso y yo le mentía, inconsciente, que estaba todo bien. Pero la cosa no siempre funcionaba. Cada dos o tres meses, cuando intentabas concertar la cita habitual, preguntabas por Caridad y te contestaban secamente: «¡Eso no corre más, se acabó!», y te colgaban sin esperar a que reaccionaras. Esa vez tocaba pagar en el locutorio oficial de la Telefónica de la Gran Vía. Llamadas rápidas y caras que no podías evitar hacer. La sangre tira. Y sin embargo al poco tiempo te enterabas de que, de nuevo, Caridad volvía a funcionar. Por caridad...

Estoy confundiendo todo. Esto que cuento, estos recuerdos, no estaban en el sueño. Pero estaban en mí, dentro del sueño. Nunca retengo los detalles. Del sueño de anoche conservo que estaba en el Madrid de aquella primera época, que estaba en ese piso de Alvarado y que yo era aquel que ya no soy. Hoy soy un ciudadano «legal», con todo lo absurdo que ese concepto presupone. Interrumpo mi trabajo durante dos horas para comer en un restaurante, viajo a Lisboa por placer siempre que puedo, llamo a mis padres desde el teléfono de mi casa un par de veces por semana y mantengo el contacto con mi gente por internet. Aquellos amigos de entonces siguen siéndolo hasta hoy, a pesar de los caminos diversos que cada uno ha tomado.

El sueño de anoche me recordó la fuerza y las ganas que tenía entonces. Nos reíamos del dinero, nos jugábamos el futuro, y nos arriesgábamos para conseguir media hora de charla con la familia. También me ha enfrentado con el imparable paso del tiempo: el Viejo ha muerto, yo ya no soy el mismo, pero aquellas ganas renovadas aún pueden ayudarme para terminar mi búsqueda.

Del cuaderno de Alma

...partiría al día siguiente.

Paula me acompañó en mi despedida de Madrid y las dos quisimos que aquella fuera una noche de clásicos madrileños. Empezamos compartiendo un bocata de calamares en El Brillante de Atocha para más tarde remontar Argumosa hasta la Plaza de Lavapiés, intercalando cañas de cerveza y copas de rioja con tapas de jamón y patatas bravas. Subiendo la calle Ave María recuperamos algo del sentido con un café con leche en el Café Barbieri y Paula aprovechó la multitudinaria intimidad que replicaban los espejos de las paredes para contarme. Me contó de Ernesto, de su militancia, de su muerte. Me contó de ella, de su persecución y nuestra huida. Me contó del Viejo y del romance pasajero. Me contó de la llamada desesperada, siete años atrás, del sobre con el dinero y del pedido que él le hizo para que no me ocultara su existencia cuando yo quisiera saber.

Cerrado el Barbieri, paseamos en silencio por un Madrid frío y luminoso. Cruzamos el barrio de Huertas y fuimos hacia Alcalá por la calle del Príncipe. Bajamos hasta el inicio de Gran Vía para remontarla hasta Fuencarral y una vez allí supimos que la noche se acabaría en la calle de la Palma, en el Penta, escuchando a alguno de los grupos que desde hacía algunos años cambiaban el rumbo de la música española y que habían coronado su bautismo de fuego unos meses antes en el Concierto de Primavera que organizaron los alumnos de Arquitectura y que todavía se recuerda como el punto culminante de la Movida madrileña.

Fue una larga noche de noviembre en la que nos reímos, bebimos y bailamos como dos amigas de toda la vida. Ese es el tipo de vínculo que siempre nos resultó más fácil: Paula y Alma, sin jerarquías ni potestades.

A la mañana siguiente ella no estaba en casa para despedirme. No pudo afrontarlo y yo lo entendí. Tomás y Aitor me llevaron al aeropuerto, me repitieron sus penúltimas recomendaciones y después de darme un sobre con algo de dinero que no me permitieron rechazar, me estrujaron en un intenso abrazo, larguísimo, asfixiante, hermoso, que me hizo caer en la cuenta de la aventura imprevisible a la que me estaba entregando y de cuánto iba a extrañar a esa pareja perfecta que me había abierto los ojos justo antes de la caída, sin reclamar nada a cambio ni volver a comentarlo jamás.

Llegué a Buenos Aires en plena primavera. Fedra me esperaba en Ezeiza y antes de que llegáramos a Tigre, en un coche que le habían prestado, ya me había puesto muy claras sus condiciones inapelables, las cuales no iban más allá del sentido común. «Se acabó la juerga, señorita», me dijo. Me resultó tierno que me tratara como si siguiera siendo su nena y pensara que podía asustarme si no obedecía sus pautas, así que decidí aceptarlas con respeto aunque supiera que mis antecedentes me habilitaban cómodamente para pasar por encima de todo y hacer lo que quisiera.

Devolvimos el coche, tomamos una lancha y se me fue pasando el tiempo contándole a Fedra miles de anécdotas, de historias, de Paula, de Madrid. Ella me escuchaba atenta y yo no ahorraba detalles, deteniéndome en los lugares, las personas y personajes, los olores, los sabores. Mi monólogo empezaba a secarme la gar-

ganta cuando en un momento, haciendo un alto en mi relato para tomar aire, miré hacia adelante y vi asomar, entre los sauces y los juncos de la costa, el muelle de Morena. Di un grito salvaje de triunfo y por primera vez en mi vida lloré de alegría. No dudé en tirarme al agua y nadar los metros que me quedaban para llegar. Trepé al muelle y corrí como loca reconociendo el jardín, el huerto y hasta el monte para volver exhausta otra vez al muelle, donde Fedra me esperaba riéndose junto al conductor y mis valijas. Estaba por fin en casa.

Veintiuno

«Te acuerdas de ayer, era tan normal,
la vida era vida y el amor no era paz.
Qué extraño,
ahora me siento diferente,
pienso que todavía quedan tantas cosas
para dar»

El tiempo es veloz, David Lebón

—Vuelvo el viernes, Jaime.

—No te deprimas. De todas formas tendrás que regresar allí en unos meses para apoyar a tu madre, ayudar a tus hermanos con…

—¡*Tendremos* que volver! Me vas a acompañar, ¿no?

—Bueno, ya veremos. Pero lo importante es que entonces las escuelas estarán abiertas y seguro que podrás encontrarla. Alma seguirá en la misma escuela y, ya más tranquilo, podrás ir a verla y decirle todo lo que quieras.

—Tenés razón. ¡Pero me siento tan inútil!

—Es Alma la que ha elegido esta situación, ¿verdad? ¡No te machaques, hombre! Has hecho lo que has podido.

—Sí y he podido poco. Pero bueno, el viernes estaré allá.

—¡El viernes! Todavía falta mucho.

—Son solo tres días.

Jaime pierde esa contención a la que se venía forzando y cambia el tono.

—¿Solo? ¡A mí aún me parece mucho! ¡Si es que soy idiota!

—No empecemos, por favor. Aprovechemos el tiempo y no discutamos.

—Renzo, cuando vuelvas tenemos que hablar. Es importante.

—Ya lo sé, ya lo sé. Querías venir y no te dejé. Querés acompañarme y yo me cierro en banda pero tenés que entenderme. Voy a necesitarte mucho y confío en que vas a estar ahí.

—Bueno, yo... Ya hablaremos cuando llegues. Tendrás que aceptar mi lugar, contar conmigo.

Harto de dar vueltas a las mismas cosas, a los mismos datos, volviendo al Otro Mundo, al hospital, al entorno de las escuelas de Tigre, acabo rindiéndome y asumiendo que Alma no quiere verme y que debo volver a Madrid. Por otro lado, no he conseguido aún reconducir la situación con Jaime y pienso que será más fácil hacerlo una vez allí, tranquilamente. Jaime no me va a fallar.

—Yo también te extraño.

—Ahora no pienses en mí. Aprovecha estos últimos días para mimar a tu madre, disfrutar de tu Buenos Aires, tomar el sol... Ya sabes que cuando te pones moreno estás muy guapo y aquí hace un frío que pela.

Recupera su contención e intenta frivolizar y noto, en la distancia del teléfono, que no quiere abrirse. Él también ha sufrido mucho esta separación y no quiere volver a lastimarse. Pone barreras, me aleja. Entiendo su impaciencia y acepto que quiera esperar a vernos para hablar, para hacerme algún planteamiento importante, pero también confío en cuánto lo conozco, cuánto nos queremos y en que estoy seguro de que nuestra relación es mucho más sólida que estas semanas que nos han mantenido separados. A mí, demasiado desatento y a él, tal vez, excesivamente paciente. Intento entrar en su juego y banalizar la situación.

—Quemado, Jaime... Quemado...

—¿Qué?

—Nada, una boludez. Que acá se dice «quemarse» o «estar quemado».

Vuelve a perder la paciencia.

—¡Yo sí que estoy quemado, hostias! ¡Negro estoy! ¡Así que vete acostumbrando de nuevo al castellano porque si vuelves en plan «che, boludo» te mando de vuelta al día siguiente! Aunque me derrita escuchándote, ¡te mando de vuelta!

—Bueeeno...

—¡Y empieza a ensayar desde ya: aquí la gente no se quema, se pone morena, ¿vale?! ¿Cómo se pone?

—Morena...

—Eso es, mo-re-na.

—¡Morena!

—Sí, sí. Morena, morena. No es tan difícil, ¿no?

—¡Morena, claro! ¡Morena! ¡Qué idiota!

—¡Oye, oye! ¡Sin faltar, ¿eh?!

—No, no... No es contigo, perdona. ¡Es que soy...! ¡Es que tengo...!

—¿Qué pasa, Renzo?

—¡Que soy un imbécil! ¡Un boludo, si lo preferís!

—¡Vaya novedad! ¡Eso ya lo sabía yo!

—¡Me has abierto los ojos, Jaime! ¡Te llamo, te veo pronto! ¡Te quiero! ¡Gracias! ¡Te quiero!

—Pero...

¡Morena! Lo tuve delante desde el principio. ¡Morena! Desde su cuaderno, Alma me está llamando y yo no supe verlo. Tengo que aprovechar el tiempo que me queda en Buenos Aires, solo un par de días, y buscar a quien me oriente por las islas. ¡Tiene que haber una forma de encontrar esa casa en el Delta! ¡Tengo que encontrarla! ¡Morena!

Del cuaderno de Alma

...quedé a vivir con Fedra, encontré trabajo en el restaurante de un club de recreo turístico y por las tardes estudiaba para presentarme por libre a los exámenes de bachillerato para adultos. Un par de veces por semana asistía a una academia en Tigre para reforzar algunas clases y allí conocí a un grupo de chicos que preparaban también su graduación. En marzo del ochenta y dos, cuatro meses después de mi llegada, aprobé las evaluaciones y lo mismo hicieron tres de mis nuevos amigos. Eran gente de Tigre y de las islas que trabajaban durante el día y estudiaban por la noche para intentar tener una vida un poco mejor que la de sus padres. Dos de ellos fueron incorporados al servicio militar en cuanto aprobamos los exámenes y aún no habían acabado la instrucción cuando los embarcaron camino de Malvinas. Uno no volvió. Al otro todavía lo visito cada mes en una asociación que fundó con otros excombatientes. Trato de ayudarlos en lo que necesiten porque me avergüenza que se les haya transformado en una especie de casta paria que nadie quiere reconocer. Son un espejo que nadie enfrenta porque nos devuelve la imagen de la obsecuencia y la vergüenza de un país entregado y enceguecido por la propaganda de una guerra absurda.

Y seguí.

Y no te sorprenderá que te cuente que tres años después ya era maestra. Otra más. Pero no ejerzo en las islas sino en una escuela de Tigre, cerca de la estación. Me instalé en una casita próxima a la escuela y junto al puerto para poder huir a Morena si la ocasión y la angustia lo requerían, y Fedra siempre estuvo allí para consolidar mi ánimo. Tardé varios años en buscar al Viejo pero no porque hubiera perdido el deseo de conocerlo sino porque al principio quise asentarme, estudiar, encontrar un trabajo y luego mi vida tuvo un giro importante y decidí poner toda mi energía en ese camino nuevo que se me abría: me enamoré.

Conocí a Hernán como Paula conoció al Viejo, en mi escuela. Una de sus hermanas menores era alumna mía y él venía a buscarla casi todos los días. Con la excusa de interesarse por los estudios de la niña, comentar los avances escolares y participar de su futuro educativo, Hernán se fue acercando más a menudo a charlar conmigo y me esperaba al salir de clase, me acompañaba durante un rato, y así fuimos viendo que ambos deseábamos ansiosos esos momentos en que nos encontrábamos. Era el mayor de cinco hermanos. Su padre había desaparecido en los primeros meses después del golpe del setenta y seis y Hernán había asumido, con poco más de catorce años, el papel de padre y madre de sus hermanos para que su vieja pudiera pelear, fuera de casa, la supervivencia de la familia. Mucho antes de acabar la dictadura se acercó a los grupos de defensa de los derechos humanos y desde hacía un par de años, con el retorno de la democracia, militaba activamente. Tenía una librería en el barrio que a menudo permanecía cerrada, ya que él solía acudir a manifestaciones, actos y reuniones de su militancia.

En diciembre del ochenta y cinco, todavía muy movilizados por la reciente sentencia del Juicio a las Juntas Militares, decidimos vivir juntos. Le costó tomar la decisión, pero dos de sus hermanos, ya mayores, le dijeron que había hecho por ellos más de lo que muchos padres hubieran podido y quisieron tomar el testigo y casi forzarle a dejar la casa familiar para venirse a la mía. Fue un tiempo maravilloso. Los dos éramos náufragos de hogares rotos, resultado de proyectos truncados y juntos emprendimos la ilusión de formar nuestra propia familia.

Mientras tanto el país parecía querer levantarse de entre las ruinas.

Me quedé embarazada al poco tiempo. Frida nació prematuramente y de improviso, claro, entre los estantes de la librería, sobre los cartones de una caja de manuales de 'Historia Argentina' de José Cosmelli Ibáñez y entre rollos de papel araña, mientras yo, apoyada mi cabeza sobre una pila de cuadernos Gloria, mordía un ejemplar del 'Facundo' de Sarmiento que, aún marcado con la curva de mis dientes, conservo junto a la 'Alicia' de mis once años.

La llamé Frida porque entonces yo vivía fascinada por la obra de la Kahlo que había descubierto meses antes en la película de Paul Leduc.

Y fui, durante diez días, enormemente feliz.

Veintidós

«...y el adulterio es a menudo
una forma desesperada de la fidelidad»

Clitemnestra o el crimen, Marguerite Yourcenar

Me despierto temprano ilusionado y convencido de que Alma está en Morena y de que hoy podré verla, hablar con ella. Camino de la cocina veo a la vieja sentada en su cama. Los primeros días no quiso dormir allí y se acomodó en otro dormitorio, pero un par de noches atrás ha vuelto a ese espacio compartido durante más de cuarenta años y que ahora le queda grande. La observo, de pie, apoyado en el marco de la puerta. Me ha oído, me ha visto, pero no nos hemos dicho nada. Miro y callo. Tiene a su lado una gran caja de cartón llena de fotografías de donde saca algunas al azar, y las pone sobre su falda. Luego toma una, la estudia un buen rato y la coloca detrás de ella, sobre la colcha. Cuando acaba con unas, saca otro montón de fotos. Ya hay unas cuantas apiladas cuando llego. La caja es roja y debe de haber sido de unas botas, de esas botas altas que empezaron a llevar las mujeres de Occidente en los años setenta y que las argentinas, y mi madre entre ellas, siguieron llevando para siempre como detalle de mujer moderna, desenfadada y elegante. Me siento a su lado y elijo una foto del montón. Somos Carla, Mauro y yo un primer día de colegio. Será el año setenta o el setenta y uno. Miro por detrás pero no está fechada, como casi todas. Años postergando la tarea de clasificar, ordenar, rotular y encuadernar las fotografías familiares han convertido la caja en un desencadenante caótico de recuerdos imprevistos, de memoria disgregada.

—Un día voy a ordenar todo esto... —dice mi madre.

—No, no las ordenes. Así es más divertido.

Una colección de fotografías ordenada en álbumes no puede albergar esa condición tan movilizadora de generar recuerdos al azar porque «el álbum de tal Año Nuevo» o «el álbum del cumpleaños de fulano» o el «álbum de las vacaciones en aquel sitio» nos prefiguran los hechos, condicionan la memoria y circunscriben el recuerdo al que ya se había tenido, y solamente valen como confirmación de lo evocado. Pero esa caja y dos o tres más a los pies de mi madre fueron, a pesar de los reproches y promesas de orden que se dijeron todas y cada una de las veces que se recurrió a ellas para buscar tal o cual foto por tal o cual recuerdo, esas cajas, digo, fueron siempre el origen de momentos gratos, no programados, que hacían que se olvidara aquella que se iba a buscar, para detenerse y retenernos en otra foto, en otros recuerdos, en la misma vida compartida.

Vuelvo a la que sujeto entre mis dedos: los tres hermanos estamos en el jardín de casa, junto al limonero, con nuestras gigantescas carteras escolares. El color ha virado con los años hacia unos tonos amarillentos, amarronados. Mauro posa firme, el mentón alto, la sonrisa medida, el delantal tan almidonado que parece de cartón. Lleva planchados hasta los cordones de los zapatos y seguro que volvería a casa a mediodía exactamente igual a como se había marchado por la mañana. Mauro ya era Mauro entonces. Carla está preciosa: guiña un ojo, molesta por el sol de frente que deslumbra también toda la escena. Lleva el pelo tirante, atado en una larga cola de caballo que asoma por un lado de su cabeza. El dedo índice de la mano derecha está enganchado en el cuello de su guardapolvo, intentando estirarlo para que deje de ahogarla. Su otro brazo me rodea y posa su mano sobre mi hombro mientras me acerca hacia ella, protectora. Yo estoy asustado, se adivina en mis ojos. ¿Sería mi primer día de escuela? ¿El primero de mi vida? No miro a la cámara, mi cabeza está girada hacia fuera del cuadro, seguro que hacia mamá, como reclamando que me rescate o preguntando si todo esto va en serio, si de verdad va a dejarme ir. En el suelo, la sombra del Viejo se dibuja hacia nosotros y casi llega a tocarnos.

Mientras estudio la foto, la vieja ha dejado otra sobre mis piernas, y me entusiasmo al descubrirla: mamá, de espaldas en la imagen, se mira en el gran espejo de su armario. Veo sus hombros y su nuca y, detrás, su reflejo de frente a la cámara, vestida de fiesta, con un peinado muy aparatoso, pestañas postizas y unas uñas de mandarín. Está colocándose el reloj de Grettel alrededor del cuello, la joya de su herencia. El Viejo aparece detrás de ella, autorretratado, con la cámara en alto.

—¡El reloj de la bisabuela! Casi no me acordaba de cómo era... —digo mientras acerco mis ojos, intentando descubrir detalles.

—Ya nadie se acuerda.

—Nunca me contaste por qué tuvieron que venderlo. ¿Tan mal estábamos? —le pregunto distraído, mirándola un instante y volviendo a la fotografía. Ella está muy seria e intenta descifrar algo en mi frase.

—No me hagas contártelo si ya lo sabés. No te burles de mí, por favor.

—¿Burlarme? ¿Cómo lo voy a saber, mamá? —Me sorprende su respuesta.

—¿Todavía no te lo contó?

—No te entiendo. ¿No me lo contó, quién? ¿El qué?

Mantiene su mirada desafiante hacia mí.

—Esa chica, tu hermana. Alma se llama, ¿no? ¿Ella no te contó?

Me quedo paralizado. Solo mi corazón se revuelve y parece que mi pecho se incendia y me va a reventar. El fuego me llega a la cara y sé que voy a arder.

—Pero... ¿vos? Entonces...

—No soy tonta, Renzo. Vi a esa chica por el hospital el día de la operación, pero, inconscientemente, me negué a reconocerla en ese momento. Tu padre tenía razón: ¡son tan iguales! Después, tus misteriosas desapariciones por las tardes, tus retrasos, tu asistencia diaria a ese café asqueroso, tus medias verdades. Sé atar cabos, hijo. Y cuando la llevaste a verlo, una enfermera pensó que era otra hija mía y me lo comentó al día siguiente.

—Yo no sabía cómo...

—Tenía que pasar tarde o temprano.

—Mamá, perdoname. Yo...

—No tengo nada que perdonarte. Si ya se lo había perdonado a él, a vos no...

—Pero... ¿hace mucho que lo sabés?

Levanta las cejas, como ofendida.

—Siempre lo supe.

—Pero...

—¡Siempre! Como siempre. Todas y cada una de las veces que tu padre estuvo con otras mujeres, que no fueron tantas pero fueron varias, yo lo supe. O porque él me lo contaba arrepentido al cabo de un tiempo o porque yo lo intuía y conseguía que confesara. Siempre.

—¿Y por qué aguantaste?

—Bueno, al principio no aguanté. Quise separarme. Antes de que vos nacieras, casi... ¡En aquellos tiempos! Estuvimos a punto. Hubiera sido un escándalo en la familia.

—Bueno, supongo que en esa época no sería tan rara la infidelidad y...

—¡Tu padre nunca me fue infiel! ¡Nunca, ¿sabés?! Tardé en darme cuenta pero al final lo entendí.

—¿Cómo que no te...? ¿Qué entendiste?

—Sí, entendí. Parece mentira, Renzo, que un tipo como vos, inteligente, joven y empezando el siglo veintiuno, siga pensando el sexo en términos de fidelidad e infidelidad.

—Bueno, yo...

—La fidelidad es otra cosa, hijo, y no pasa por la cama de nadie. Se puede ser infiel sin acostarse más que con la pareja de uno, y por el contrario, se puede ser fiel hasta unos extremos increíbles aunque a veces... Tu padre no me era infiel. Yo entendí que no lo era conmigo sino que era infiel a sí mismo. Que lo que hacía no me lo hacía a mí, que se lo hacía a él. Vi, de repente, que sus aventuras eran una forma de reafirmarse, por inseguridad o por inmadurez. Que tal vez no se creía merecedor de nuestra felicidad y a veces necesitaba cuestionarla, ponerla a prueba. Entendí que nunca dejó de quererme, y que no encontraba la forma de convencerse de que nos bastábamos el uno al otro, que no hacía falta más, que éramos solo nosotros. Supe que no estaba buscando la manera de huir sino la de volver para siempre, y que sufría después de sus calaveradas, arrepentido de haberse jugado todo, de haber arriesgado lo nuestro, inútilmente. Él nunca me fue infiel, así que no vuelvas a repetirlo, ¿estamos? Nos quisimos mucho, ¿sabés?

—Eso creía...

—Y podés seguir creyéndolo. Cuando entendí que en ningún momento esas aventuras, como se decía entonces, tenían que ver conmigo, con nosotros, que era un asunto suyo que debía superar él solo, comprendí también que no suponían un riesgo para nuestra familia. Nunca lo supusieron, salvo aquella vez...

—¿Alma?

—Alma. Yo había sabido, en su momento, del romance que había tenido con esa maestrita de tu hermano, que fue una de sus primeras correrías, y tuvimos una pelotera de antología. Entonces yo todavía no sabía, no entendía. ¡Era tan joven! La historia se acabó y yo lo perdoné. Pero años después, me contó que esa mujer había vuelto de la nada, que lo había llamado para pedirle ayuda, y que tenía una hija suya, y que estaban perseguidas.

—¿Entonces el reloj de Grettel se vendió para...?

—Sí, hijo, sí. El reloj de mi abuela y algunos ahorros pagaron el exilio de ellas.

Nos quedamos callados. Ella recuerda. Yo intento encajar esta nueva realidad donde mi madre no solo está al tanto de la existencia de Alma sino que es protagonista de su salvación.

—Tuvo que ser difícil.

—Fue la salida que elegimos. Tenían que irse y solo teníamos eso para vender.

Los ojos de mi madre están clavados en la pared que tiene enfrente pero puedo suponer que está viendo aquellos momentos como en una película. La atraigo hacia mí y la abrazo y algunas fotos se deslizan de su regazo y caen al suelo. Ella se deja contener y repite como ausente:

—Fue la salida que elegimos. Y él nunca más volvió a... Aquello nos unió para siempre, más que nunca. Y él ya no dudó, no volvió a irse. Nunca más.

Aprieto su cuerpo otro poco y le digo:

—Sos increíble, mamá. Fuiste capaz de separarte de tu recuerdo más preciado para ayudarlas.

Mi madre se suelta, desconcertada. Tiene una mirada extraña, no la reconozco.

—No puedo creer que no entiendas, Renzo. Que no hayas entendido nada de lo que te estoy contando. ¡Fue la salida que elegimos!

Se levanta y sale de la habitación hacia la cocina, pisando en su carrera algunas fotos que se han desparramado por el suelo. Yo la sigo por la casa, intentando que sienta que la comprendo, que sé lo que pasó...

—Claro que entiendo, mamá. Renunciaste a lo tuyo por salvar a unas desconocidas. ¿Qué más tengo que entender?

Se gira ante mí, casi furiosa, me agarra por los hombros y, sacudiéndome, grita:

—Fue la salida que elegimos, ¿entendés? ¡¿Fue la salida que e-le-gi-mos?! —Vuelve a soltarme, entra en la cocina y empieza a revolver cacharros, llena un vaso con agua pero no lo bebe.

—¡Sí, sí, y vos podrías haber elegido no ayudarlas, ya lo sé, pero no fue así!

Respira hondo, derrumbada, los ojos húmedos, el gesto rendido.

—No elegí ayudarlas, hijo. Elegí alejarlas, elegí perderlas de vista. Eran un riesgo y elegí que no estuvieran cerca.

Hubiera hecho cualquier cosa por salvar a mi familia, ¡cualquier cosa!, y afortunadamente teníamos el reloj de mi abuela. Pero... ¿y si no lo hubiéramos tenido? ¿Y si no hubiéramos podido conseguir ese dinero?

Por encima de mi hombro, pierde la vista a través de la ventana de la cocina y sé que vuelven los recuerdos a proyectarse en su memoria. Ella sigue hablando al vacío.

—Estaba tan desesperada por salvarnos de aquello, que si no hubiéramos tenido el reloj, si no hubiéramos podido...

—Si no hubieran podido... ¿qué, mamá? ¿Qué habrías hecho?

Vuelve la cabeza hacia mí, desafiante, entre orgullosa y resignada, sin nada que perder.

—¿Que qué habría hecho? ¿De verdad querés saberlo?

—Claro.

—Las habría denunciado, ¿entendés? Las habría entregado.

—No, vieja, no. No te creo. No creo que vos...

—¡Creélo, Renzo! ¡Creélo porque casi pasó! Cuando tu padre me lo dijo me puse como loca, sentí que se me quebraban las piernas, que se derrumbaba la casa. Salí corriendo y fui directa a la comisaría para denunciarlas. Estuve dando vueltas por la esquina más de media hora y me acerqué un par de veces sin atreverme a entrar. El guardia empezó a controlarme, desconfiado. Finalmente tomé coraje y entré pero cuando llegué a la oficina del comisario un agente estaba poniendo en hora un reloj de pared y en ese momento, no sé por qué, me acordé del reloj de Grettel y pensé que era una alternativa. Le mentí al policía que mi marido no había venido a dormir y que estaba preocupada y me mandó para casa con una sonrisa burlona y diciéndome que tuviera paciencia. Decidí proponerle a tu padre la venta del reloj para exiliarlas, pero me juré que si eso no funcionaba volvería a la comisaría para denunciarlas y sacarlas de nuestra vida.

—Mamá...

—No quería saber lo que pasaba en el país, ¡como la mayoría de la gente! Seguíamos con nuestras vidas, como si nada. No aceptábamos... ¡Yo no aceptaba! ¡Me negaba a aceptar! Lo intuía pero lo negaba y solo me importaba mantenerlos a ustedes al margen de todo eso al precio que fuera. Y si para ello tenía que denunciarlas... estoy convencida de que lo habría hecho. Lo que no sé, lo que siempre me...

Su voz entrecortada desaparece en un quejido. Cree que habla, pero el sonido no emerge de su garganta. Pongo mis manos en sus hombros y busco sus ojos con los míos.

—¿Qué, mamá? ¿Qué no sabés? Decilo de una vez. Te va a hacer bien.

Ahora la veo transparente, veo lo que piensa, sé que no oculta nada. Su mirada de agua no enturbia lo que dice.

—Lo que no sé, ni supe entonces, ni nunca sabré, es si hubiera sido capaz de sobrevivir a la culpa de haberlas denunciado. Si una vez pasado el peligro de perderlo a él, de perder a mi familia, ese peligro que yo creía gigantesco y desesperante, ese peligro que mi estúpida educación me hacía ver como el final, como algo peor que la muerte... No sé si una vez resuelto el asunto hubiera podido seguir viviendo con esa piedra en mi conciencia.

Vuelvo a abrazarla. Es como si no la conociera y a la vez la siento más cerca que nunca. Ahora sé que lo habría hecho, que las habría mandado a la muerte si hubiera creído que era la forma de salvar a su familia, de salvarnos, como también hubiera buscado una pistola, una bomba, para vengarnos si hubiéramos desaparecido. Su parcialidad habría sido absoluta, se hubiera movido por instinto, puro instinto de tigresa, así fuera justa o injusta su causa. Siento que ese instinto sigue intacto aunque ella no lo sepa y ahora lo cuestione. Apoya su cabeza en mi hombro y rompe a llorar.

—¡Tanto me ha pesado, todos estos años, saberme capaz de aquello! ¡Me he sentido cómplice, asesina, a medida que se fueron destapando las verdades! ¡He pagado mi inmadurez y mi egoísmo con el peso de saberme capaz!

—¡No, mamá, no! ¡No te hagas esto! Tenés que olvidar. Tenés que perdonarte y pensar que ayudaste a salvarlas.

—¿Que yo las ayudé? ¡¿Yo?!

—Claro. ¿Quién si no?

—Yo no las salvé, Renzo. No fui yo. Fue Grettel. Fue la familia. Como siempre: ¡la puta familia!

Del cuaderno de Alma

Frida murió un martes de agosto del ochenta y seis en una mañana de invierno ofensivamente hermosa y nadie pudo explicarme, ni yo quise entender, por qué una niña de apenas diez días de vida podía fallecer de muerte súbita, ese eufemismo que asocié, tal vez injustamente, con ignorancia, incompetencia o negligencia. El caso fue que nuestro proyecto de familia estalló casi al empezar y no fuimos capaces de retomarlo.

A los tres días del entierro, Hernán abrió la librería y esa misma noche participó en unas charlas en la Facultad de Letras adonde le habían invitado semanas antes. Y a partir de allí supe que volvía a estar sola.

Él intensificó su militancia y eso le permitió ocupar el tiempo, escaparse del naufragio y relativizar su dolor enfrentándolo al de tantos otros junto a los que ejercía sus justas reclamaciones, pero su huida hacia adelante lo alejaba también de mí.

Yo me volví loca.

Odié a Hernán por tener la capacidad de rearmarse y seguir, roto pero adelante; odié a Paula porque, al no haberme dado una vida común, ordinaria, me había hecho necesitar esto que ahora se rompía; odié mi historia de lejanías y Distancia porque por oposición me hacían necesitar asentarme en un lugar que ahora me quemaba. Pero sobre todo me odié a mí misma, me culpé de todo, me creí responsable, me acusé de forzarme a vivir una vida que nunca sería como las de los demás, me avergoncé de no poder brindarme a otra causa que no fuera la de encontrarme, y me condené a perderme para siempre.

Hernán y yo nos separamos pasados unos meses y puedo alegrarme de no haberlo arrastrado en mi locura. Él pudo reconstruirse. Hace unos años que cerró la librería porque sus responsabilidades, hoy ya institucionales en el área de los derechos humanos, le ocupan todo su tiempo. Yo colaboro regularmente con su equipo y así, pasados estos años, hemos conseguido recuperar parte de nuestra relación.

Volví a escapar. Durante casi tres años estuve viajando por el país, haciendo pequeños trabajos que me permitieran seguir huyendo y cambiar de lugar intentando cerrar mi profunda herida.

Salí en mi viejo Renault 12 rojo un atardecer que creí igual a cualquier otro y, después de manejar toda la noche, llegué a Bahía Blanca en la mañana de Año Nuevo. A partir de ese primer destino me moví por muchos rincones que hasta ese momento no había pisado jamás. Viví en Plotier, en Neuquén. Bajé por los lagos hasta Esquel y seguí a El Chaltén, y en ese primer recorrido supe que si algún día quiero volver a perderme me podrán encontrar vagando por algún inabarcable paisaje de la Patagonia andina. Me escondí en Río Turbio y entendí cómo se vive casi olvidado del resto del mundo. En Ushuaia volví a dar clases pero, al poco tiempo, escapé de nuevo. Fui cajera en un supermercado de Río Gallegos; jardinera en un hotel de Alta Gracia y en otro de Posadas. En un geriátrico de Salta limpiaba y paseaba a los viejos y aprendí a cambiar el aceite de los camiones trabajando en una estación de servicio cerca de la frontera jujeña con Bolivia. Laburé en pequeños comercios y almacenes de Cafayate, de San Antonio de los Cobres y de Aimogasta. Mentí como guía turística en Talampaya, en Uspallata. Nunca duraba más de tres o cuatro semanas en cada trabajo, ni más de un mes, a veces dos, en cada sitio. Viví de cerca las desigualdades e injusticias, y me sentí insignificante frente a tantos paisajes desmesurados, incontenibles, exageradamente bellos. Vi los glaciares como una ópera de Wagner, aturdida de solemnidad, y sentí las cataratas como un concierto atronador de los Rolling. La Mesopotamia es un cuadro pintado a medias entre Rousseau y García Uriburu, y los niños del noroeste son primos hermanos del Juanito Laguna de Berni. Cruzando la Patagonia desde el Atlántico hasta los Andes me parecía escuchar la Pavana de Fauré, mientras que no hay otra música para las quebradas que las vidalas de Yupanqui. Turner debió de soñar con el Atlántico Sur. La paz de la sierra cordobesa es la guitarra de Falú. Lloré indignada por la miseria y la indigencia endémicas. Lloré por los paisajes sobrecogedores. Lloré de dolor físico y agotamiento. Y entre tanto llanto variado conseguí colar el llanto por mí misma y empecé a recuperarme.

Miré de frente a mi realidad, me reconcilié con mi historia, entendí mi pasado como hija del exilio y asumí que esa condición me define, me perfila y que sería a partir de allí, solo a partir de allí, desde donde podría continuar, rearmarme y creer en la posibilidad de construir un futuro.

Mientras tanto, cuando yo me escapaba de un lado para esconderme en otro, sobre el país fueron cayendo la Ley de Punto Final, los primeros alzamientos de los Carapintada, la Ley de Obediencia Debida, la hiperinflación y así, casi despiadadamente, la ilusión de recuperación y, especialmente, la sensación de dignidad dieron paso a la miseria ética, al sálvese quien pueda y al egoísmo más abyecto que culminaría su coronación durante la infame década de los noventa.

Volví a Buenos Aires. Recuperé mi puesto en la escuelita de Tigre, alquilé otra casa cerca del puerto y de la escuela, donde aún vivo, y decidí que era tiempo de buscar al Viejo. No me costó mucho encontrarlo.

Quedamos en Hermann, frente al Botánico, y no necesitamos señas para reconocernos. Entró, se acercó directamente y después de darme un beso tímido, se sentó frente a mí. Durante un par de minutos estuvimos callados, mirándonos. Entonces se volvió a poner de pie y yo tuve miedo de que se fuera y también me levanté. Él rodeó la mesa, me abrazó muy fuerte y permanecimos así abrazados hasta que escuchamos que un mozo carraspeaba a nuestro lado esperando que pidiéramos algo. A partir de allí todo fue muy sencillo. El momento de encontrarlo resultó ser el indicado. Vos, Renzo, acababas de irte a vivir a España y el Viejo tenía un hueco enorme, un pesado vacío y se abrió para cobijarme y ayudarme a terminar mi recuperación. No sé si hubiera salido adelante sin la ayuda y el cariño que el Viejo me brindó.

Pero esa es otra historia, la de los últimos doce años, que prefiero contarte en persona, frente a un humeante submarino, intercalada con el relato que vas a hacerme de lo que esos mismos doce años han sido para vos, cómo viviste tu propio exilio y cómo es tu vida tan lejos.

Solo entonces, hermano, podremos empezar a construir una historia común, nuestra y nueva, que no necesitaremos contarnos en el futuro.

Alma

Veintitrés

«...y cuando mi balsa esté lista
partiré hacia la locura.
Con mi balsa yo me iré a naufragar...»

La balsa, Tanguito

—Yo lo llevo, jefe. Va a ver a la maestra, ¿no? A esa gente se le debe mucho por aquí. Si me espera unos minutos, yo lo llevo.

Primero me equivoco. Empiezo preguntando en los puestos de artesanías del Mercado de Frutos y luego en la nueva Estación Fluvial, en las empresas turísticas de excursiones por el Delta, en el muelle de las lanchas-taxi y nadie conoce a Alma ni a Morena, especialmente si ven que no traigo dólares para gastar. Caigo en la cuenta de que tengo que cambiar de orilla. Cruzo el río Tigre por el puente, doblo por la calle Lavalle (*por aquí secuestraron a Paula esos matones...*) y voy preguntando a los lancheros que no pertenecen a las empresas ni atracan en el puerto turístico pero que, por menos dinero y sin obedecer a nadie, siguen haciendo sus viajes como los han hecho siempre. Elijo a los más viejos para preguntarles y a los pocos minutos ya tengo quien me lleve.

—¡Claro, jefe! ¡Morena! ¡Pero tenemos un viaje largo, ¿eh?! Más de una hora.

—No importa. Necesito llegar cuanto antes.

El viaje por el río consigue relajarme. Afortunadamente mi guía es un típico hombre del Delta, callado, respetuoso y parco, así que puedo pasarme la mayor parte del tiempo ordenando mis pensamientos.

Estas largas semanas, casi dos meses, han sido de una intensidad agotadora. La operación, la agonía y la muerte del Viejo han sido el eje alrededor del cual he girado, junto con mi familia, en un maratón emocional que aún no ha acabado y, lo que es más sorprendente, del que aún no quiero descolgarme.

La lancha es pequeña, vieja. El motor es ruidoso pero al poco rato se pierde como un rumor del paisaje y uno deja de oírlo.

No quiero perder a Alma pero, a la vez, no puedo imaginar la forma de afrontar su incorporación al grupo familiar. Supongo que no está en mis manos el intentar resolver esa instancia. Tendrá que ser como sea y salir bien o mal, pero según lo que cada uno pueda estar dispuesto a aportar y a sacrificar llegado el momento.

Voy sentado en un lateral. El hombre del Delta conduce desde la popa y controla la barra del timón seguro, con maniobras precisas, mirando el horizonte con el ceño fruncido y su pelo, canoso y duro, apenas se mueve con la brisa del río.

¿Y qué le voy a decir cuando la vea? ¿Por dónde empiezo? No sé si pedirle disculpas o reprocharle su huida. No sé si contarle lo sorprendido que me dejó su cuaderno o lo ridículo que me sentí al comparar su historia con la mía. Será mejor improvisar, dejar que el reencuentro nos lleve hacia lo posible.

Puede tener cincuenta o sesenta años. Las edades del río confunden los tiempos. ¿De qué conocerá a Alma? No puede haber sido su alumno pero sí padre o abuelo de otros. Estoy a punto de preguntarle, pero en el último momento me arrepiento. Seguramente me contestará a medias, con palabras esquivas. Esta gente es muy tímida y muy pudorosa de su intimidad. No quiero molestarle. Además, prefiero seguir disfrutando del paisaje.

Hace un rato largo que perdí el rumbo y no tengo la menor idea de dónde estamos. El laberinto de ríos, arroyos y canales es inabarcable para quien solo ha estado de paso en estas islas, algún domingo de niñez y adolescencia, hace una eternidad. Esos domingos de fiesta, tal vez uno o dos al año, en los que mis padres y sus amigos concertaban pasarlo en Tigre, aprovechando el buen tiempo. Salíamos de casa temprano, cargados de bolsos y canastos, pelota de fútbol, paletas de playa, de *ping-pong*, salvavidas de plástico, bronceadores, cremas, diarios y revistas y una cantidad de comida y bebida como para pasar una semana. Siempre íbamos a un recreo sindical al que estaba asociado algún amigo de mis padres. El Viejo hacía su asado, claro, que comíamos a la sombra de eucaliptos y pinos. Después, cada uno buscaba un rincón para descansar, el tiempo pasaba muy lentamente y la vida se suspendía en un sopor cálido y húmedo del que no deseaba desprenderme. Solía perderme por la isla e investigar lo desconocido, pero siempre acababa tumbado cerca del río, disfrutando de la nada. Recuerdo el fresco picor de la hierba en mi espalda, las punzadas hirientes del sol colándose entre las ramas, el agua lamiendo mis dedos y, cada cierto tiempo, una brisa fría que erizaba la piel y producía unas cosquillas lúbricas que me hacían reír pudoroso. Había que espantar de la conciencia los deberes esperándome en casa, la escuela al día siguiente, el desengaño amoroso infantil de turno. Pero pasadas un par de horas, empezaban a desperezarse murmullos, risas, gritos de jugadores de algo, y el letargo se resistía a marcharse hasta que una voz conocida te devolvía al ritmo pendiente.

—Ya casi estamos, jefe. Es aquel muelle de allá.

En un acto reflejo intento ponerme de pie y estoy a punto de caer al agua. El hombre no me mira pero sé que se sonríe. Vuelvo a sentarme y miro hacia donde me señala. El sol de la tarde me deslumbra y apenas adivino la sombra del muelle, pero también puedo ver que hay alguien sentado en una bancada sobre la plataforma. ¿Es Alma? El lanchero saluda con el brazo en alto y la mujer (es una mujer, sí) responde sin levantarse. No consigo distinguirla a pesar de que ya estamos muy cerca. El hombre apaga el motor y con la propia inercia deja que nos acerquemos muy despacio hasta la escalera de madera. Entonces me acerco al borde de la lancha, doy un pequeño salto y empiezo a subir ansioso los peldaños del muelle de Morena.

PUNTO Y APARTE
Suburbana

«Ya me apuran los momentos.
Ya mi sien es un lamento.
Mi cerebro escupe ya el final del historial
del comienzo que, tal vez, reemprenderá»

Barro tal vez, Luis Alberto Spinetta

Veinticuatro

«...Quien quiera atenerse al presente, a lo actual,
no comprenderá en verdad lo actual»

Jules Michelet

La anciana me toma las manos y me mira a los ojos, alegre, cálida.

—¡Renzo! ¡Qué ganas tenía de conocerte!

—Eh... ¿Fedra? Creí que...

—¿Que ya me habría muerto? Bueno, todavía tengo algo de cuerda...

—¡No, no! ¡Creí que encontraría a Alma!

—¡Dejame que te vea!

Parece como si me conociera de siempre e hiciera mucho que no nos viéramos. Estira sus brazos sin soltarme, retrocede un paso y me recorre con la vista, como descubriéndome.

—¡Es increíble! ¡Alma me había dicho que se parecían pero no creí que fuera para tanto!

Me sonrío, bajo la mirada e intento disimular mi turbación. No había barajado la posibilidad de hallar a otra persona que no fuera Alma. Inspecciono el lugar de reojo, sobre los hombros de Fedra. Observo el jardín, la casa. Quiero descubrir que nos espían desde el porche.

—Alma no está acá. Vos esperabas encontrarla, pero...

—¿Y dónde está?

Aprieta mis manos casi compadeciéndose. Muerde sus labios, me suelta y hace un gesto para que la disculpe. Gira hacia el río y desde lo alto del muelle se dirige al lanchero, que aguarda en silencio.

—¡Andá nomás, Roberto! Mi visita se va a quedar un rato —Se vuelve hacia mí para confirmarlo—. Te tomás unos mates conmigo, ¿no, Renzo?

Asiento con lo ojos.

—¿Podés volver en un par de horas para llevarlo de vuelta?

El hombre duda un momento y responde:

—¿No quiere que me espere, maestra? No me cuesta nada, ¿eh?

—¿Qué pasa? ¿Ahora estás celoso de dejarme sola con otro? ¿Me vas a controlar?

—¡No, maestra, no! Yo solo...

Ella levanta su brazo hacia un lugar conocido.

—Andá y aprovechá para pasarte por la escuela y ver si nos hace falta más madera.

—¡Pero si ya estuve el domingo! ¡No falta nada!

—¿Y entonces por qué no empezaron todavía? ¡Ya estamos casi en febrero! ¡Va a llegar la fecha de las clases y seguimos sin reconstruir el aula! ¡La maestra nueva se nos va a ir antes de llegar! ¡Y como es tan fácil conseguir una!

El hombre sonríe y niega con la cabeza mirando al cielo.

—¡Qué mujer, Señor! —Y la señala sacudiendo su índice—. Tiene razón el pastor que no quiere ni oír hablar de usted.

—¡Decile al pastor ese que se meta en sus cosas! ¡Y si vos y los otros, en vez de ir a perder el tiempo al templo, se pusieran a construir el aula no me tendrías que escuchar!

—¡Pero si...!

—¡Y decile también a tu pastor que con la cuarta parte

de lo que cuesta la lancha que lleva podríamos tener una escuela como la gente y no ese rancho que no aguanta una sudestada! ¡Pastores! ¡Curas! ¡Zánganos!

—Pero ya le dije que este no es así...

—¡Este es igual que todos! ¡Antes el cura, ahora el pastor y siempre la misma milonga! ¡Basta de supersticiones! ¡Casi prefiero que te vuelvas a emborrachar en la cantina, mirá, en lugar de mamarte de padrenuestros y avemarías! ¡Antes por lo menos se te pasaba la tontería a las pocas horas, pero ahora con la novedad del templo...!

—No me diga eso, maestra.

La lancha empieza a girar para volver por donde vinimos. Fedra vuelve a gritarle.

—¡Y a ver cuándo acabamos la partida de ajedrez, que ya tengo telarañas entre los alfiles!

El hombre saluda de espaldas, sin voltear la cabeza. Yo me he acercado a Fedra.

—Me parece que voy a tener que pedir otra lancha-taxi. Este me deja aquí.

—No, no te preocupes. Somos amigos desde hace... ¡qué sé yo! ¡Desde siempre! Les di clases a sus hijos y a sus nietos. Es un buen hombre, nunca me falla, pero yo lo persigo todo el tiempo para que no se me duerma. Antes de dos horas estará de vuelta.

Ve alejarse la lancha y habla hacia el río, con voz casi inaudible.

—Quiero a esa escuela como si fuera mía. Jubilada y todo, la sigo cuidando como el primer día. No tengo remedio.

Se gira y me toma por los hombros para ponerme de frente a ella. Es una mujer alta y, a pesar de la fragilidad que aparenta, se nota que tiene una fuerza y una energía imbatibles.

—Dejame que te mire de nuevo.

Vuelvo a turbarme, bajo la vista y aprovecho para preguntar.

—¿Alma va a volver? Quiero decir... ¿Usted sabe dónde está?

—Si me tratás de usted te tiro al río y te volvés nadando. Decidí.

—Perdone... Perdoname. ¿Sabés dónde está?

Niega y aprieta los labios mientras sube las cejas en un gesto cómplice.

—No. Pero sé que está bien. Estuvo acá al día siguiente de... —Se interrumpe dulce, gentil—. Lamento lo de tu papá, Renzo.

—Gracias.

—El Viejo, ¿no?

Algo me aprieta la garganta. Fedra lo nota y agrega:

—Si a él le llamaban el Viejo, ¿a mí qué me queda? ¡¿El fósil?!

Se ríe de su propia gracia y me contagia. Es imposible no sentir simpatía por esta mujer.

—Sentate y esperame que vengo enseguida con el mate.

Enfila hacia la casa y sugiero:

—¿No querés que te ayude?

No me escucha o no me hace caso. Me quedo sentado en la bancada del muelle mirando el río. Todo es igual a como Alma lo describió en su cuaderno. Se escucha el golpeteo del agua contra los postes de madera, arrullando los juncos de la costa. El viento se demora entre los árboles, el sol calienta la tarde. Y nada más. Solo reposo y calma. No me extraña que Alma ame este lugar.

Al poco rato Fedra vuelve portando una bandeja que

apoya en el banco. Tiene un termo de agua caliente, el mate ya preparado y un par de cuencos de madera con más yerba y algo de azúcar. En un plato de barro hay cuatro rebanadas de pan con pasas, pintado con huevo. Se sienta a mi lado y me aclara:

—Traigo azúcar por si querés arruinar el mate, pero... vos verás.

—Cebalo como quieras, como lo tomés vos.

—Entonces amargo.

Tomo un trozo de pan y lo huelo cerrando los ojos. Luego lo parto y la miro a ella, sopesando los trozos en mis manos.

—¡Pan de Fedra! ¡Pensé que era una leyenda urbana!

—¡Y lo es! ¡Ya lo hago a ciegas! Si hubiera sabido que esas dos lo iban a hacer famoso en el Rastro de Madrid lo hubiera patentado y ahora tendría una lancha como la del pastor.

—Seguro que no la tendrías.

—No... Seguro que no.

Fedra ceba el primero, lo bebe rápido y me pasa el segundo. Está casi tan caliente como amargo pero me sienta como si fuera miel.

—Entonces Alma... —Intento retomar la conversación.

—Bueno, Alma necesita tiempo. Para ella la muerte del Viejo... ¿Te importa que yo también lo llame así? Me suena más cercano.

—No, claro que no. Así lo llamaba todo el mundo.

Le devuelvo el mate para que cebe el siguiente. Es su turno.

—Para ella la muerte del Viejo, digo, es un golpe muy fuerte. La ayudó mucho, ¿sabés? Alma se refugió en él y creo que sentía que el Viejo era la nueva oportunidad que la vida le brindaba para poder, por fin, encontrarse. Y cuando te conoció y tuviste la nobleza de acogerla y permitirle compartir con vos esas semanas de incertidumbre... ¡Estaba tan contenta! ¡No hablaba de otra cosa! Me contó casi todas tus anécdotas familiares. Estaba tan agradecida de que le permitieras estar ahí, sentirse cerca de vos y, de alguna manera, de todos ustedes, que creo que se ilusionó con que el Viejo saldría adelante y que compartirían el vínculo o, no sé... que encontrarían una forma de continuidad.

—Pero también podíamos compartir este momento. Yo sé que ella debería estar. ¡Tiene que estar! Además, me siento tan idiota...

Agacho la cabeza y me froto un par de veces el cuello. Fedra deja el mate sobre la bandeja y apoya una mano en mi hombro. Busca mi mirada, sorprendida.

—¿Por qué? ¿Por qué decís eso, si hiciste mucho más de lo que ella podía esperar? Gracias a vos pudo ver a su padre por última vez. ¡Eso no lo va a olvidar nunca! Si no hubiera sido por vos...

—Sí, pero... No es por eso, es que...

—¿Qué?

No sé cuánto sabe pero ya voy intuyendo que conoce todos los detalles de este último tiempo.

—Me entregó un cuaderno, ¿sabés? —Parpadea confirmándome que está al tanto—. En él me contó toda su historia y yo necesito decirle lo que siento.

Vuelvo a mirar hacia el río. Fedra guarda silencio. Espera que yo consiga volver a hablar, explicarme.

—He estado todas estas semanas contándole batallitas infantiles, historietas de familia burguesa. Estuve casi fanfarroneando sobre las anécdotas de mi niñez y adolescencia y...

—¿Y?

—Y entonces leo su cuaderno y me encuentro con que Alma tuvo una vida tan intensa, tan dura. Tuvo la experiencia y las penurias que otros no padecerían ni aunque vivieran tres vidas. Y no me dijo nada. Me dejó contar mis cuentitos, se mostró interesada y no me dijo nada.

Fedra da una larga chupada a la bombilla hasta que canta su final. Toma el termo de la bandeja, lo aprieta entre sus piernas, lo destapa. Con la mano izquierda lo vuelca para verter el agua caliente. Vuelve a poner el termo entre sus piernas para taparlo y luego lo coloca otra vez sobre la bandeja. Observa unos segundos la espuma de la infusión y recién entonces me ofrece el mate mirándome a los ojos.

—Te estás equivocando, Renzo.

—No sé. No lo creo.

—Yo sí que lo sé. Te estás equivocando.

Lo acepto pero no lo bebo enseguida. Lo sostengo entre las manos, siento el calor. Veo la yerba verde, la caña de la bombilla que acusa años de servicio ininterrumpido. Fedra continúa:

—Estas pocas semanas con vos, esa memoria compartida, ese desasosiego por la salud del Viejo fueron los días en los que Alma creyó más cercana la sensación de pertenencia a una familia.

—Eso no es justo para con vos y con Paula.

—No hablemos de justicia. A las tres nos tocaron momentos especiales y difíciles y, en esas circunstancias, criar un hijo es algo imprevisible y mucho más conseguir estructurar una familia.

—No debe ser fácil educar a un hijo. No debe ser fácil educar a nadie...

Sonríe mientras espera a que termine. Se lo paso a medias, sin acabarlo, y con una mano en alto y un simple «gracias» le indico que fue el último para mí. Ella se ceba otro.

—Bueno... de eso sí que puedo hablar un rato. Educar no es fabricar. La grandeza y el riesgo de la educación son la inevitable falta de seguridad sobre los futuros resultados. ¿A quién se está educando? Nadie educa como sabe porque nadie sabe. Nadie educa como quiere, porque no es posible. Se educa como se puede.

—Pero ustedes son su familia de siempre, mucho más que yo o la mía. Tiene que saber que ninguna familia es igual a otra.

—Nosotras, las tres, somos un proyecto de familia que sufrió todos los sabotajes. Y de todo eso salimos adelante por el amor que nos tenemos y la tremenda fuerza que supimos generar de la nada. Pero en el camino... la familia... No sé.

Se vuelve hacia el río, a los árboles de la otra orilla. Y más lejos todavía.

—¿Y eso no es suficiente? —pregunto.

—Puede ser, pero hay más. No sabría definirlo. Es como una red de contención, una trama intangible pero muy firme. Una cadena de ejemplos, buenos y malos, de actitudes, acertadas y equivocadas, que te van construyendo desde dentro del núcleo familiar. Nosotras no supimos tejer esa red.

—No es eso lo que leo en su cuaderno.

Acaba su mate y lo deposita en la bandeja. Me ofrece

otro trozo de pan que rechazo en silencio y vuelve a dejar el plato a su lado.

—Mirá, Renzo. Hicimos lo que pudimos, como todos, pero las tres lo hicimos por separado y en respuesta a cada propia circunstancia y eso ha marcado nuestro núcleo. Yo, después de enviudar, quise aislarme del mundo, perderlo, negarlo. Paula, con su compromiso y su militancia, quiso cambiarlo. Y Alma se lo quiso devorar de golpe y hacerlo suyo. Las tres nos equivocamos porque creímos en la posibilidad de actuar solas y al margen de todo y de todos. Pero no vimos que todos, siempre, somos los otros. Somos el reflejo en la mirada de nuestro entorno, de nuestros amigos, de la familia ¡heredada o elegida, es igual! Nuestra fuerza surge de ese espejo, de esa red de seguridad. Como los trapecistas, ¿viste? Saltamos al vacío porque sabemos que esa red existe. Incluso cuando alguien se pelea o rompe con su familia lo hace desde esa misma trama que conoce. Y cuando esa red no está... hay más posibilidades de caer en el intento, es más difícil llegar a buen puerto.

Se levanta y se apoya en la baranda de madera. Sonríe con indulgencia, como perdonándose a sí misma.

—Yo no me quejo. He hecho la vida que he querido y, además de Paula y Alma, con el tiempo conseguí armar una red, pequeña, agujereada, en este rincón del mundo que hice mío y al que tengo tanto que agradecer. Paula tuvo que recomponerse del dolor, de la tortura, del destierro y ya casi lo está consiguiendo. ¡Casi! Desde hace unos años parece que, de a poco, muy despacio, está tejiendo la suya. ¡Y Alma lo ha intentado tantas veces! Ha sido siempre la más consciente de esa carencia, la que la ha sufrido más intensamente. Y con el Viejo, estos últimos años, y con vos estas semanas, parecía creer que lo conseguiría.

Es una mujer dura, fuerte, intensa y sin embargo, en los últimos minutos, se ha aligerado ante mis ojos y se me ha mostrado casi transparente. Tan transparente como mamá esta mañana.

—Creo que te entiendo, pero aun así... ¿Por qué se sentía excluida? ¿Por qué no aceptaba su propia vida en lugar de desear un modelo ajeno?

—Bueno, es muy habitual que deseemos lo contrario de lo que tenemos.

—Sí, pero nada nos viene dado, ¿o sí? Lo que uno tiene también lo ha conseguido a fuerza de romper la rutina, cambiar el rumbo, recrearse a sí mismo. Nadie lo hará por nosotros porque no hay nadie más. Es absurdo esperar a que *algo* transforme las cosas, ¿no?

—¡Bueno, bueno! ¡Para esos misterios divinos te esperás a Roberto y que te lleve a ver al pastor! ¿Llevás bastantes dólares? Yo lamentablemente soy atea y pobre, así que... no te puedo ayudar.

Me hace reír. Vuelve a ser la mujer peleadora de hace un rato. Se da la vuelta y disfruta del paisaje. Respira muy profundo y después de unos segundos se dice:

—Yo también creo que no hay nadie ni nada más, ¿sabés? ¡La vida es tan grande, tan intensa! ¡No puede haber nada después! ¡No sería justo dejar esto y extrañar tanta belleza por toda la eternidad!

Los reflejos del sol son menos intensos, menos dorados, predominan el bronce y el cobre. La brisa ha enfriado un poco el ambiente y no parece que estemos en ese verano fundente de los últimos días. Y aunque es imposible, porque aún faltan casi dos meses, decido creer que aquí, tal vez, ya empieza a anunciarse el otoño. Y si es otoño, es mío Buenos Aires.

Pienso en lo que acabamos de hablar. Familia, núcleo, red. No creo coincidir con esa coronación de la familia como único camino de referencia y destino final. Creo que es en la ruptura con ese origen, en la incertidumbre del futuro y en la inocente soberbia de inventarse donde cada uno encuentra su ser, su destino y su lugar. La pretendida independencia nos diferencia y nos impulsa para escapar de esa sensación adolescente de prisión, de celda conocida de la que sentimos que hay que huir. Y es en esa huida donde nos responsabilizamos de nosotros y de nuestros actos, donde armamos un proyecto, seguro que de corto alcance, pero propio. Pienso en los años pasados, en cuánto he renegado de los míos, del Viejo, de Mauro. Incluso de Carla y de mamá. Mis cabreos con el Viejo por su inconsistencia ideológica, su mutante opinión mediatizada, su desvergonzada capacidad para asegurar una cosa y la contraria en un mismo párrafo sin detenerse a sopesar su discurso, sin ruborizarse por su incoherencia. Las eternas peleas con Mauro por su insufrible perfección. Mis ataques a su permanente pose, correcta y pétrea, a su pretensión de que los demás deberíamos desear lo que él ya tiene. Y mis juicios sobre Carla y su esoterismo, sobre su necesidad de creer en fuerzas metafísicas, esa insistente admiración por cualquier disciplina alternativa y su simultáneo desprecio por la ciencia y el saber tradicional. Y mamá con su imagen de guardiana del cubil, fiera leona y a la vez sufrida víctima, su discurso sobre lo que haría y no haría por defender a su familia, a nosotros, que siempre me pareció vacuo, ostentoso, más formal que posible, pero que esta mañana se me reveló como una persona capaz de actuar irracionalmente solo por evitar una amenaza sobre los suyos que ella sentía inmensa. Y veo que soy también ellos incluso cuando no lo soy. Por oposición o por negación. Por no querer ser, también soy. Y creo entender lo que Fedra intenta plasmar cuando habla de esa red. Soy ellos y soy yo. Soy el acorazado Mauro, la etérea Carla. Soy mamá, la feroz cancerbera. Soy el Viejo con todas sus singularidades, sus incoherencias. Pero también soy la abuela Carlota y la nobleza de la tía Cordelia. Y seguro que escondo el fascismo del tío Toño, la frivolidad pretenciosa de la Chiqui y la Nena. ¿Dónde esconderé la intransigencia del abuelo Kraemer, su teutona perseverancia y su rigurosa voluntad? ¿Seré también el aventurero Sixto? Y soy también la otra red, la mía propia, la elegida, la que he armado para intentar, seguro que absurdamente, reemplazar y corregir mis renegadas particularidades. Soy Jaime, soy su entorno. Soy mis amigos de allí y de acá. Siempre hay red, se quiera o no se quiera. Uno puede elegir la soledad y en mi caso, la que da la Distancia. Pero mi soledad cuelga de esa red conocida. Alma no tuvo esa elección. Su soledad fue inevitable, fatalista y, tal vez más que la red, busca la posibilidad de elegir pertenecer o renunciar a ella. Creo que empiezo a entender su búsqueda.

—Tal vez es el tiempo el que nos devuelve a esa red. Los fracasos, los desengaños, y seguro que algunos logros y certezas también nos la reintegran. Pero aun así, no entiendo que Alma no valore la vida épica, casi heroica, que le tocó vivir.

Fedra sabe que estoy divagando, intentando comprender.

—¿Y qué entendés vos por heroísmo?

—Bueno... Depende. Paula, Ernesto, sus compañeros,

eligieron jugarse por un ideal, creyeron que podían cambiar las cosas y arriesgaron mucho, todo. Creo que fueron héroes.

—Sí, yo también pienso que lo fueron, pero ¿vos creés que ellos, cuando empezaron su militancia gremial o universitaria, podían sospechar hasta qué punto sus vidas iban a transformarse y hasta verse amenazadas? Tuvieron que reaccionar cuando ya no podían evitarlo. No hubo dos demonios, hubo solo uno que secuestró, torturó y asesinó a quienes por fin defendían sus derechos después de décadas de soportar mordazas y violencia. Los obligaron a usar armas que, en principio, no hubieran elegido y a enfrentarse a otras armas que jamás imaginaron que podían utilizarse. Seguramente muchos, quiero pensar que la mayoría, de haberlo sabido, hubieran elegido el mismo camino y se habrían jugado todo, incluso aún con más entrega, si les hubieran avisado de lo que les esperaba, pero ¿vos no crees que los héroes lo son en parte cuando se ven metidos en un baile que nunca imaginaron que bailarían?

—Son héroes por eso, porque bailan. Seguro que muchos simularon estar cansados y huyeron de la pista a los dos compases.

—Sí... —Se ríe y continúa—: Entonces los héroes son aquellos que en circunstancias especiales, difíciles, eligen seguir adelante, arriesgar.

Asiento y Fedra levanta una ceja, traviesa. Se inclina sobre el banco y toma un trozo de pan que aprieta en su puño, y arroja al río las migas. Me hace señas de que guarde silencio y ambos miramos al agua junto a los postes del muelle. A los pocos segundos las migas que flotan empiezan a desaparecer y creo adivinar la boca de algún pez que asoma en la superficie. Un martín pescador pasa en vuelo rasante sobre el agua y roba el pedazo más grande y lo vemos tomar altura y perderse en el monte frondoso.

—Ese pez es un héroe. Él sabe que yo podría pescarlo con una red o un arpón, teniéndolo a tiro, o caer él o sus crías en el pico del martín pescador pero, aun así, se ve obligado a la heroicidad de arriesgarse por su comida, de luchar para intentar sobrevivir.

—¿Qué querés decir?

Se sacude las manos una contra la otra y se las frota en la falda de su delantal.

—No todos servimos para ser héroes. Hay que tener madera. Pero no solo los grandes actos son heroicos. Muchos actos más sencillos, más cotidianos, también lo son. Los suburbios de la Historia están llenos de pequeñas heroicidades que los libros no registran.

—¿Hablamos de lo mismo? Alma fue heroica al salir adelante desde un entorno de persecución y clandestinidad. Se enfrentó a una rutina de exilio y salió adelante. ¿Hay algo más terrible y difícil que el exilio?

Sus ojos me atraviesan, sonríe de lado.

—No sé, vos lo tenés que saber mejor que yo.

—¡Yo no me tuve que ir! ¡Yo elegí irme!

—Sí, no lo dudo, pero vivías en un país donde optar entre quedarse o irse era casi obligatorio. Eso por no hablar de los que ni siquiera podían ejercer esa alternativa, los que se vieron exiliados dentro, separados, segregados en su propia tierra. Pero vos, como tantos otros jóvenes en esos años, tuviste que enfrentarte a la terrible decisión. En tu caso, fue una imposición.

—Sí...Y a veces había que elegir entre irse a un lado o a

otro, pero irse. Todo se resumía en decidir adónde —me digo a mí mismo.

—La perversa realidad los obligaba y ninguna opción era segura y placentera. Quedarse podía suponer la permanente sensación del error, de haber perdido una oportunidad única de prosperar. ¿Y si me hubiera ido? ¿Y si hubiera tenido el valor de exiliarme? Irse... ¡qué te voy a contar! La separación de lo propio, el desarraigo, la incertidumbre de perder lo poco que te define y perfila. Esa permanente sospecha de estar ocupando un lugar ajeno y la duda de si todo aquello merece el esfuerzo de no estar, la seguridad de lo mucho que se ha perdido al partir.

—Pero en ambos casos se puede salir adelante.

—Por supuesto. El ser humano se adapta a todo. Es un bicho mutable, camaleónico. Pero eso no quita que lo habitual, lo esperable, lo... ¡evitemos la horrorosa palabra «normal»! Eso, lo esperable, es que uno se forme y trabaje donde quiera, en su lugar o en otro, pero sin presiones, sin obligaciones impuestas.

Escuchándola recuerdo los días de mi decisión. Los últimos años de carrera, la sensación de que el momento de elegir se acercaba y uno no sabía qué era lo suyo, cuál era su camino. Recuerdo el vértigo de los días antes de la partida. La ilusión y el miedo. El entusiasmo y la disimulada duda del error. Fueron difíciles aquellas primeras semanas en Madrid, de búsqueda y desconcierto, intentando reconocerme en un lugar ajeno y asumiendo las primeras claudicaciones que toda integración supone y exige.

—Sí... No fue fácil, pero...

—Intento que veas, Renzo, que te has juzgado mal. Que no has tenido en cuenta tus propias circunstancias, tu propia historia y las de los otros cuando te comparaste con Alma. Es verdad: no todos somos héroes. Pero algunos no tienen más alternativa. Y esa vida épica, heroica si querés, ¿a vos te parece que alguien la desea para sí mismo? Uno puede quejarse de tener una vida gris, abúlica, de estar apoltronado, pero ¿quién se levanta una mañana de la cama para ir a jugarse la vida por la humanidad?

—Bueno... Algunos habrá. Seguramente pocos, pero....

—No intento despreciar el valor de los héroes, no me malinterpretes. Digo que ese señor que, aletargado, se lamenta de su vida gris, tumbado en un sofá o sentado en una oficina, no es consciente de que asiste y protagoniza a diario decenas de actos mínimos, diminutas heroicidades, que se suman a las de su compañero, su vecino, su primo, y que esas gestas cotidianas hacen la fuerza que todo lo mueve, que le da sentido a su vida y a la del conjunto y que esos actos son muchísimos más que aquellos que los periódicos registran y los libros enaltecen. No hace falta enumerarlos. Desde cualquier acto solidario por ínfimo que sea, hasta la obviedad de pelear para criar unos hijos o llegar a fin de mes, todo cuenta. Y si en su camino no se cruzó la posibilidad de salvar al mundo, de cruzar los Andes, de ganar una guerra, incluso si no tuvo las agallas de seguir a otros que sí lo intentaron, siempre le resta ese ámbito más cercano, ese suburbio de la Historia donde resarcirse de sus cobardías o fracasos, cometiendo cientos de pequeños actos heroicos, inconscientes, mudos, que lo hacen alguien.

—Pero entonces, ¿es válido obviar la lucha y esperar a que otros se maten por uno? Tu discurso me parece arriesgado.

—Tengo edad suficiente para decir lo que quiera. No me asusta parecer intransigente. Digo que se puede ser cobarde un día frente a la llamada de la Historia y ser tanto o, a veces, más útil, más valiente, desde el llano, inundando tu vida de gestas chiquitas e invisibles. Esto no justifica a nadie ni quiero parecer una ingenua que ve valores sublimes en todas las personas. Este país, como todos, estuvo y estará plagado de miserables con las armas políticas, económicas y de las otras, suficientes para monopolizar la miseria ética, la abyección y la condición más rastrera del ser humano y esos no tienen cura ni merecen ningún perdón. Pero los otros, los millones de sobrevivientes..., esos merecen una segunda lectura y más oportunidades.

—Quiero entenderte.

—Solo quiero que veas por qué Alma elige arrumbar su épico pasado y desea, ¡casi envidia!, el tener una red de contención, un entorno habitual, cotidiano y seguro, que le permita no ser más que una mujer que vive, trabaja, sueña. Solo eso. Ni más ni menos que alguien corriente.

Se retracta de haber utilizado la calificación de grises para algunas personas porque considera que hablar de seres grises supone un lugar común de paternalismo y soberbia. Quien habla de vidas grises es porque las ve todas juntas, las embarra, no encuentra diferencias entre los sutiles tonos. Fedra rescata la policromía de toda experiencia vital. Habla de aquellos primeros ejercicios de plástica infantil donde uno mezclaba todas las témperas esperando descubrir un color nuevo y deslumbrante y de la frustración que se sentía al ver toda esa masa de crema parduzca, opaca e imposible de utilizar en ninguno de los elementos de nuestro trabajo. Dice que así ven los cortos de miras al común de la gente, como una masa gris, pero está secretamente compuesta de infinitos y diversos matices que dan sentido a cada individuo y lo proyectan al conjunto.

—Y también quiero que te veas vos, Renzo. Que no te castigues sin motivo, que no cierres los ojos a tus propios colores. Tenés que valorar tu coraje al elegir un lugar, para salir adelante, tu incondicional apoyo a los tuyos, tu nobleza para con Alma y su angustia. Sos un héroe, Renzo. Vos también lo sos.

No sé qué contestar. Nos quedamos en silencio, uno junto al otro frente al río de bronce, a los árboles anaranjados, a esas calandrias, teñidas ahora de rojo, que vuelan raudas de una margen a otra del río.

Después de un rato, tal vez un rato largo, el rumor del motor de la lancha nos devuelve al muelle de Morena. Roberto viene a buscarme, y nos preparamos para la despedida que sabemos ya inevitable. Se me ocurre pensar que es probable que no volvamos a vernos.

—Adiós, Renzo. Ha sido más que un placer.

—No tengo palabras. Gracias. Me quedaría hablando con vos días y días.

Nos abrazamos y ella dice en mi hombro:

—Alma siempre vuelve. Y siempre lo sigue intentando.

La beso en la mejilla, volvemos a abrazarnos y empiezo a bajar las escaleras. Roberto ha atado el cabo de la lancha a un poste y se dirige a Fedra alcanzándome una canasta para que se la pase a ella.

—Aquí le manda Teresa unas empanadas y un churrasco. Y dice que mañana viene a verla y que no quiere encontrarse la comida sin tocar en la heladera, ¿estamos?

—¿Ves, Renzo? ¡Me controlan todo el tiempo, no me dejan vivir!

—Será que te quieren.

—¡Será que no se pueden creer que siga viva y me vigilan para ver si soy un fantasma!

El lanchero no le hace caso, juega al ofendido por la escena de mi llegada. Fedra lo ablanda sin dificultad:

—A ver, Roberto, ¿qué pasa? ¿Estás enojado? ¡Me voy a tener que buscar otro *ingegnere* para las obras de la escuela!

El hombre no contesta y se esconde para que ella no le vea reírse. Yo me preparo para saltar a la lancha pero antes me vuelvo y hago mi última pregunta.

—Solo una cosa más: ¿por qué «Morena»?

Fedra, radiante, suspira y contesta:

—Así llamaba mi padre a Paula: Morena, porque nació en un cine mientras veíamos una vieja película de Imperio Argentina, *Morena Clara*. Él creía en el destino, en el azar. Siempre se negó a llamar Paula a mi hija, y quiso apodarla con un sobrenombre que tuviera que ver con el hecho fortuito de su nacimiento pero, como era un hombre de principios, un anarquista asturiano militante de la CNT, jamás hubiera llamado Imperio a esa nieta que adoraba. —Fedra parece dudar en terminar el cuento pero finalmente remata—: Aquel día casi me arrastró a ver la película porque él decía que yo era igualita a Imperio Argentina... Yo era muy linda, ¿sabés?

Por primera vez en toda la tarde la siento vulnerable, indefensa. Su timidez la ruboriza y aprovecho para contestar:

—No puedo imaginarte más hermosa que ahora mismo.

Subo a la lancha y me acomodo en mi sitio. Nos movemos lentamente y me giro para ver a Fedra despedirme con su mano en alto. Respondo a su saludo, luego miro al frente y me relajo viendo el paisaje. Estoy listo para volver.

Epílogo

«Siempre habrá vasos vacíos
con agua de la ciudad
la nuestra es agua de río
mezclada con mar»

Vasos vacíos, Los Fabulosos Cadillacs

El avión saldrá en unas horas. Llueve intensamente sobre Buenos Aires y el ambiente fresco parece un mensaje de esperanza después de semanas de calor sofocante. Miro por la ventana a las nubes negras y voluminosas. Llueve sobre el césped, sobre el limonero y la hiedra. Llueve sobre los tejados vecinos y el agua corre pendiente abajo para caer sobre las veredas y los canteros. Los perros del barrio se estarán mojando y saltarán y ladrarán felices, intentando morder las gotas que caen sobre sus cabezas. La lluvia se estará acumulando en la zanja de la esquina, siempre sucia y obstruida pero hoy disfrazada de estanque. Los gorriones se bañarán en ese agua sin importarles que les dificulte luego volar. Toda la ciudad disfruta del aguacero. Mauro y su mujer estarán sentados en la galería de su casa, los sillones de madera de teca de Indonesia girados noventa grados, uno respecto del otro, convergiendo hacia sus piernas, y ellos verán la tormenta que cae sobre su alfombra verde, orlada de flores y arbustos y pensarán en el jardinero, que tendrá que venir dos veces esta semana para corregir a la naturaleza implacable. Pero hoy no les importa, hoy disfrutan del desorden. Carla ha llegado hace unos minutos empapada, chorreando litros de agua, el pelo pegado a sus mejillas y a su nuca y muerta de risa y de placer, y mamá, al verla, le ha pedido que la acompañe al patio a mover unas macetas para que se rieguen bien y, de paso, mojarse ambas otro poco. El agua bañará las calles, la autopista y el aeropuerto. Los toldos del Otro Mundo, raídos y agujereados, dispondrán estratégicas goteras que viertan frías en los cuellos de quienes allí se refugien. Y lloverá al otro lado de la calle, fuera del hospital, y adentro el llanto también se hará lluvia. Llueve en Tigre y en Morena, aumentando el caudal del río, y Fedra y Roberto y todos disfrutarán del temporal a la vez que vigilarán los niveles en los muelles para actuar cuanto antes si el río se enoja. Espero que Alma no esté tan lejos como para perderse esta tormenta. Y estará lloviendo en Escobar, sobre el almendro, sobre la improvisada tumba del Viejo. La lluvia calará el terreno, mojará sus cenizas y el agua de hoy será el primer paso a su definitivo fundirse con la tierra.

Veo llover y preparo mi partida. Ya es tiempo de irse.

Nos vamos. Todos nos vamos, siempre. Viajamos, volamos. Huimos y nos distanciamos para más tarde volver y encontrarnos con los nuestros, con la familia. Con la heredada o con la elegida, los amigos. Abandonamos a los que queremos. Renegamos de nuestros padres y abjuramos de nuestros hermanos. Perdemos amigos, aunque siempre estarán con nosotros y soñemos con recuperarlos. Intentamos la trascendencia, cometemos la soberbia de creernos únicos e imprescindibles, pero solo algunos conseguirán sobresalir y serán reconocidos como héroes, de seguro a fuerza de gran sacrificio, postergando sus propios deseos y tal vez, en silencio, íntimamente, deseen para ellos nuestras simples vidas. Nos prometemos no volver a tropezar, no liarnos en la red, no empantanarnos en esos nudos imposibles, pero volveremos a caer y continuaremos peleándonos, sufriendo, llorando. Continuaremos revelándonos y negándonos para luego, siempre o casi siempre, dejar que las aguas vuelvan a su cauce. Porque los amamos. Y como los amamos, declinamos las batallas, las rebeldías, cultivamos su presencia y a menudo nos vuelve a turbar el deseo de sobrevivir en ellos, en los nuestros, de afianzarnos en su memoria como un buen recuerdo, siquiera uno solo, que los habite para siempre. Mientras tanto, seguimos abrigando la esperanza utópica de pertenecer a un país que nos ampare porque también lo amamos, inevitablemente.

Colocamos mis valijas en el baúl del coche. Mamá se acomoda en el asiento trasero. Está cansada, se mueve muy despacio, como decidiendo cada paso. Ha insistido en acompañarnos, quiere despedirme en el último momento. Carla conduce demorándose al pasar sobre las balsas del aguacero, que ya ha amainado. La imagen del barrio, desierto y empapado, me lleva a las tormentas de la infancia, a mojarnos a escondidas y saltar sobre los charcos. No hay casi gente en la calle.

A las pocas cuadras, en el primer semáforo, antes de llegar a la avenida, veo a un chico en silla de ruedas que mendiga dinero al coche de delante y a continuación se dirige al nuestro. No tendrá más de dieciséis o diecisiete años.

—¡Ay, no! ¡No quiero contarle, no puedo! ¡Por favor, Carla, contale vos! —dice mi madre.

No entiendo lo que pasa. Mi hermana baja la ventanilla y el chico, al reconocer a mi vieja detrás, abre muy grandes sus ojos y le pregunta:

—¿Y Don Viejo? ¿Cómo está Don Viejo?

Carla le da la noticia. Él no dice nada, baja la cabeza y hace rodar su silla de vuelta al cordón de la vereda. Mientras el coche empieza a moverse veo que le da un puñetazo al tronco de un árbol.

Sigo sin entender. Miro hacia atrás, a mamá, pero ella pierde su vista hacia la nada por la ventanilla. Vuelvo mis ojos hacia Carla y ella aparta por un instante los suyos del tráfico y me hace un gesto de resignación.

—El Viejo charlaba casi todos los días con él, cuando venía al supermercado. Le daba algo de dinero y lo estaba convenciendo para que dejara la casa de su padre, un borracho, y se fuera a una institución que le ayudara a buscar trabajo y a independizarse. Le consiguió el teléfono de una asociación donde parece que pueden hacer algo por él. Todos los días cuando veía de lejos al Viejo acercarse caminando, este chico corría a su encuentro, con su silla de ruedas, para contarle los avances de la tramitación. Espero que lo consiga.

—¡Ojalá! —oigo a mi madre a mis espaldas.

Sin decir nada, observo la calle, la gente. Ha pasado la tormenta. El tráfico se complica poco a poco y se han encendido las luces de la avenida, aunque algunos rayos del sol de la tarde se cuelan todavía entre las nubes negras. El coche enfila ya la ruta hacia el aeropuerto y yo empiezo a sentirme en paz.

Agradecimientos

Suburbana surgió de un desafío: «*Quizá deberías pensar en hacer un proyecto más ambicioso. ¿Un relato largo? ¿Una novela?*». Gracias, María Tena, por ese desafío y por confiar en mi trabajo. A Ronaldo Menéndez, inmenso escritor, le debo su generosidad al compartir su saber y su paciencia durante la redacción del manuscrito. A la gente de Hotel Kafka, Fuentetaja, Ámbito Cultural y Billar de Letras, por todos los métodos, técnicas y secretos de la creación literaria que aún no sé si he conseguido aprender. A Chavi Azpeitia, por su gran olfato de editor. A Lola Escudero, por su amistad de años y sus consejos profesionales. A Rubén Cherny, *in memoriam*, por haber sido mi referente ético y cultural durante todos los años de nuestra gran amistad. A Rocío Martín, por ser mi memoria externa, mi Pepito Grillo, por no darme ni un milímetro de ventaja ni perdonarme ningún fallo. A Juanma Sánchez, escritor y amigazo, por compartir sueños de letras, a La Jose Gómez, por su libretita, y al resto de la panda/barra de Las Cañas de los Jueves (Antonio, Elena, Jose, Maite, Sara, Nano...), por ejercer de cobayas literarias, apoyarme y señalarme los tropiezos y por el homenaje que nos daremos cuando el libro esté por fin en la calle. A mis amigos ya casi eternos, Mariano, Sandra, Ale y Adri, por su incondicionalidad. A mi hermana Graciela y a su mujer, Moni, por ayudarme a encontrar el tono de Alma. A mi madre, por todo. Y a Miguel, por pelear juntos la vida.

«¡La vida es tan grande, tan intensa! ¡No puede haber nada después! ¡No sería justo dejar esto y extrañar tanta belleza por toda la eternidad!»

Este
libro
ha sido
compuesto
en tipografía
Crimson sobre
papel offset ahuesado
de 90 gr. Impreso en
el mes de abril de 2015